KB155442

멘토링, 그 나눔의 가치

형동생만들기

멘토링, 그 나눔의 가치
형동생만들기

펴 낸 날 2018년 4월 16일

지 은 이 사)문화예술교육협회
펴 낸 이 최지숙
편집주간 이기성
편집팀장 이윤숙
기획편집 최유윤, 이민선
표지디자인 최유윤
책임마케팅 임용섭
펴 낸 곳 도서출판 생각나눔
출판등록 제 2008-000008호
주 소 서울 마포구 동교로 18길 41, 한경빌딩 2층
전 화 02-325-5100
팩 스 02-325-5101
홈페이지 www.생각나눔.kr
이 메 일 bookmain@think-book.com

• 책값은 표지 뒷면에 표기되어 있습니다.
ISBN 978-89-6489-837-6 (03810)

• 이 도서의 국립중앙도서관 출판 시 도서목록(CIP)은 서지정보유통지원시스템 홈페이지(http://seoji.nl.go.kr)와 국가자료공동목록시스템(http://www.nl.go.kr/kolisnet)에서 이용하실 수 있습니다(CIP제어번호: CIP2018008931).

멘토링, 그 나눔의 가치

형동생 만들기

생각나눔

오른손이 한 일을 왼손이 알게 하라

금천구청장 차성수

2010년, 화제의 오디션 프로그램에 한 중학생이 숫기 없는 얼굴로 서툴지만 진지하게 자신의 랩을 선보였습니다. '힙통령'이라는 조롱 섞인 별명을 얻었던 장문복 군, 그가 얼마 전 화려하게 대중 앞에 돌아왔습니다. 와신상담하며 보낸 시간, 그의 곁에는 한 사람의 멘토가 있었습니다. 평소 청소년 지원 단체에서 활발하게 활동하는 가수 아웃사이더는 랩을 하겠다며 상경한 그를 신혼인 자신의 집에 머물게 했다고 합니다. 랩을 가르쳐준 멘토로서 뿐만 아니라, 한 소년의 꿈을 존중하고 지원한 가족이 된 것입니다.

7년 째 '형동생 만들기'를 통해 귀한 인연이 맺어지고 있습니다. 가족공동체가 어려움을 겪고 있는 이 시기에 참 감사한 일입니다. 어느 형제는 서먹한 시기를 거치기도 하고, 어느 자매는 첫 만남의 순간부터 통하기도 합니다. 함께 떡볶이를 먹고, 영화를 보고, 게임을 하는 소소한 일상을 보내기 위해 형과 언니가 얼마나 조심스러운지, 동생은 어떤 용기를 내는지 여러분의 이야기를 통해 알게 되었습니다. 형과 떠난 여행에서 처음으로 기차를 타본 동생, 동생을 만난 후 스스로 성장함을 느꼈다는 형, 그들은 그렇게 가족이 되고 있습니다.

김복녀 대표님과 문화예술교육협회는 거창한 사업이 아니라고 몸을 낮추지만, 실로 위대한 일을 하고 있습니다. 이 책을 통해 여러분의 노고와 '형동생만들기'가 널리 알려짐으로써 더 많은 새로운 인연이 맺어지길 기도합니다.

함께하고 있는 형과 언니, 동생, 그렇게 가족이 되고 있는 모두를 응원합니다.

여러분의 밝은 기운이 우리 사회에 전해지길 희망합니다.

MBC 조현용 기자

저는 네 살 때 아버지를 잃었습니다. 대개의 한 부모 가정이 그렇듯 경제적으로 여유롭지 못한 시절도 보냈습니다. 그런데 아버지의 부재를 가장 뼈아프게 느낀 순간들은 돈이 없거나 차별을 받았던 때가 아니었습니다. 어느 학교에 가야 하고 어떤 전공을 택하는 편이 좋을지, 무슨 직업을 갖고 어떤 회사에서 일해야 할지, 연애와 결혼 상대는 누구로 해야 하는지…. 모두 무언가 선택해야 했던 순간들이었습니다. 세상을 나보다 먼저, 더 깊고 넓게 살아본 이와 의논하고 싶었기 때문입니다.

이 책에 등장하는 청소년들에게도 그러한 순간이 있었을 것입니다. 그리고 만약 '형'들이 '동생'들에게 도움이 되었다면 그것은 소위 말하는 '스펙' 때문은 아닐 것입니다. 평소 아이들이 사는 환경과는 또 다른 세상을 보여줘서 그들 스스로 생각할 시간을 갖게 해줬기 때문이라고 생각합니다.

"철이 철을 날카롭게 하고, 친구가 친구의 얼굴을 빛나게 한다."라는 말이 있습니다. 경제적인 여유뿐 아니라 사회적인 네트워크, 문화적 소양 또한 대물림되는 세상에서 몇 번의 만남으로 사람의 앞길을 바꿀 수 있다면 그보다 뜻깊은 일도 드물 것이라고 생각합니다.

책을 펴내면서

“쌍둥이가 있는데 가정폭력을 당하고 있어요.

이 아이들을 같이 형과 결연시켜줄 수 있을까요?”

한 가정당 1명과 결연인데 특별한 경우이니 가능하다고 했다.

이 아이들은 경찰대 형들을 2015년에 만나 지금까지 만남을 이어가고 있다.

형동생만들기 활동을 한 졸업생 형.

인근 근무지에서 동생을 만들고 싶다고 연락이 왔다.

마침 인근 중학교에 계신 선생님을 알고 있었고 동생을 추천해줬다.

이 아이는 1년 전 엄마를 떠나보내고, 다음 해 아빠도 세상을 떠났다고 했다.

형은 아이와 결연 후 지금까지 친형의 역할을 해주고 있다.

소외계층 청소년 무료전문 뮤지컬교육프로그램인 '해피뮤지컬스쿨'을 2007년부터 다년간 운영해오면서 아이들에게 뮤지컬이라는 요소가 아주 큰 인성 개발 효과가 있다는 것을 알았다. 우리는 공교육 안에서 많은 아이가 혜택을 볼 수 있도록 쉽고 재미있게 뮤지컬을 만들 수 있는 북뮤지컬 모듈을 만들었고, 2011년에는 서울시교육청 문예체 협력활동사업 MOU 체결 후 교과수업시간에 교과연계로 뮤지컬 협력 수업을 시작하였다. 뮤지컬 협력 수업이 한창인 중학교 교실에서 본 아이들은 뮤지컬 선생님을 형 언니처럼 따랐고 자신의 고민도 부담 없이 털어놓곤 했다.

이런 아이들을 보면서 아이들과 함께 대화하고 놀아주는 형·언니가 있으면 학교폭력이나 왕따 같은 사회문제를 예방하는 데 도움이 될 수 있겠다는 영감이 떠올랐다. 그리고 형·언니들에게는 동생을 통해 배려와 믿음, 존중, 그리고 기다림이라는 경험을 하고, 사람을 먼저 생각하는 사회인으로 성장할 수 있는 좋은 기회가 될 것이라고 생각했다.

그래서 시작했다.

가족을 만들어 주는 일을 해보자.

하지만 아무에게나 동생을 맡길 수는 없었다. 특히 일대일로 만나는 활동이라 검증된 대학생들이 필요했다. 경찰대, 육군사관학교 등 사회적 책임을 지고 있는 대학생들을 찾았고, 2012년 협회에서 학교 수업의 일환으로 자원봉사를 하고 있던 서울대학교 민헌기 학생에게 의뢰하게 되었다. 헌기 학생은 경찰대 친구(문석균)에게 얘기해보겠다고 했고, 그렇게 동아리 형식으로 모인 경찰대학교 20여 명의 학생들과 용인의 언동중학교 송화영 선생님의 도움으로 '형동생만들기'는 시작되었다. 다음 해 경찰대의 결실은 육군사관학교와 서울대학교 의과대학 학생들의 참여로 이어졌고, 매년 100여명의 형·언니가 함께하고 있다.

지난 6년의 기록을 정리할 수 있도록 도와주신 서울대학교 고창현, 김남균, 이광표, 양재우 님께 감사하며 바쁜 일정에도 인터뷰에 응해주신 문석진, 박상연, 이현지 대표와 이봉주 교수님, 송화영 선생님, 조혜정 교수님께 감사드린다. 또한, 형·언니들이 동생과 가족을 맺는 데 있어 문화활동이 중요한 역할을 하고 있는데, 공연 관람 할인 등을 통해 도움을 주시고 있는 공연단체들과 '형동생만들기'의 취지에 적극적으로 공감해 주시고 출판에 도움을 주신 '생각나눔' 이기성 편집장님께도 감사의 인사를 드린다. 마지막으로, 형동생만들기가 있기까지 경찰대·육군사관학교·서울대 의과대 형, 언니들과 각 학교 대표로 활동해준 분들께 진심으로 깊은 감사의 마음을 전한다.

그리고 동생들이 다시 형·언니가 되어 사례의 글로 세상과 만나길 기대해본다.

2018년 3월

사)문화예술교육협회 이사장 허찬영, 대표 김복녀

목차

3부 형들이 들려주는 생생한 이야기

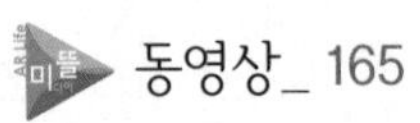

❖ **일러두기**

1. 동생들의 신원 보호를 위해 관련 정보를 최대한 제한합니다.
2. 본문에 등장하는 인터뷰 내용은 기(旣)사례집, 인터뷰 자료, 연구자료 등을 재구성한 것입니다.

프롤로그

형/언니들의 솔직한 이야기

"제가 '피파온라인 3'라는 게임을 매우 좋아하는데 동생도 그걸 매우 좋아하더라고요. 저희 만남은 '아, 피시방 가도 되겠다.'라는 말과 함께 시작됐습니다. 동생은 저한테 지난 2년 동안 엄청나게 많은 고민을 토로했습니다. 부모님께 창피해서 말 못 하는 얘기, 그렇다고 해서 선생님한테 말하면 왠지 문제아 같기도 하고 친구들한테도 말 못 하는 일들을 저한테 말해 주었습니다. 동생이 조금씩 변화를 보이기 시작합니다. 성장에 있어 중요하게 발돋움할 수 있는 이 시기에 제가 조금이나마 영향을 줄 수 있어서 매우 감사하게 생각하고 있습니다."

"먹고, 또 먹고, 또 먹고…. 그래서 만남이 아니라 먹방이라고 불러도 될 정도로 되게 많은 만남을 식당이나 카페에서 했습니다. 그렇게 시간을 보내다 보니까 동생의 표정이 더 밝아지더라고요. 힘든 상황이나 뭔가 말 못 할 고민이 있을 때 '아, 이 사람은 정말 내 편이구나.' 할 수 있는 그런 진짜 형 같은 사람이 필요하다고 생각했습니다."

"대부분의 멘토링 프로그램들이 선생과 학생의 수직적인 관계에 그치지만 '형동생 만들기'는 멘토와 멘티 간의 수평적인 관계를 지향한다는 점이 참 매력적입니다. 제가 어떤 특별한 재능을 가지고 있진 않더라도 누군가에게 닮고 싶은 사람, 존경스러운 사람 혹은 조금이나마 도움이 되는 사람이 될 수 있다는 점이 가장 와 닿았습니다. 앞으로도 더 좋은 언니가 되고 싶어요."

"지난 2년간 형동생만들기를 비롯한 멘토링 프로그램에 참여해왔습니다. 처음으로 만난 멘티와는 2년간 연락을 지속해오고 있고, 어느덧 저를 멘토로 생각하며 육군사관학교에 진학하기를 희망하는 고등학교 2학년 학생이 되어 있었습니다. 솔직히 제가 동생에게 영향력을 행사하려고 하거나 열정을 주입한 적은 없습니다. 다만 형이 있다는 것 자체가 가끔 고민이 있을 때 도움을 줄 수 있는 그런 사람이 있다는 사실 하나만으로 힘을 얻고, 가치관이 변하고, 사회에서 요구하는 올바른 인성을 갖춘 성인으로 성장할 수 있음을 몸소 경험했습니다."

"사랑을 받고 지낸 사람과 그렇지 못한 사람의 차이를 많이 생각해봤어요. 가장 큰 차이는 다른 사람에게 그 사랑을 베풀 수 있는가 없는가의 차이였던 것 같아요. 주변 사람에게 아낌을 받은 사람일수록 다시 그 사랑을 다른 사람에게 베풀면서 좋은 순환이 이어질 수 있게 할 가능성이 크다고 생각해요. 또한, 대학에 다니면서 춤과 노래 같은 예술의 중요성에 대해 알게 됐어요. 사람을 바꾸는 것은 그의 본성을 건드릴 수 있는 예술이라는 것을 느끼게 됐지요. 형동생만들기 프로젝트에서는 그 대상이나 활동에 있어서 이 두 가지를 모두 접목하여 동생들을 도울 수 있으리라 생각을 했습니다. 평소 다른 사람을 돕고, 함께 하는 것도 좋아하기에 제가 가진 경험과 좋아하는 것을 바탕으로 즐겁게 나눔을 하고 싶어서 지원했습니다."

"항상 누군가에게 도움을 받고 자라온 제가 어느새 어른이 되었습니다. 어른이 되는 순간 밀어주던 손이 사라져 홀로서기를 시작해야 했지만, (도움을) 많이 받았던 덕분인지 기특한 홀로서기를 할 수 있었습니다. 이제는 받은 만큼 누군가의 어린 등에 토닥여 주는 것이 차례라고 믿었습니다. 도움이 필요한 동생들의 등에 두 손이나마 올려 세상으로 밀어줄 수 있음에 감사함을 느낍니다."

"친구와 만날 시간조차 없이 혼자서 공부만 했던 제게 동생과 나누는 소박한 대화와 따뜻한 커피 한 잔의 여유, 영화 한 편의 즐거움이 더 크게 느껴졌습니다. 동생 또한 시험이 끝나고 저와 함께하는 시간 속에서 해방감을 느낀 것 같습니다. 만남 속에서 서로가 스트레스도 해소하고 정서를 고양할 수 있다는 사실이 무엇보다도 의미 있게 느껴집니다."

"동생을 만난 것은 저에게 큰 선물이었어요. 함께 보낸 즐거운 시간을 결코 잊을 수 없을 것 같습니다. 도움을 주는 활동이라 생각하며 시작했지만, 제가 더 많이 배운 것 같네요. 모든 일에 적극적이고 열심히 생활하는 동생을 만나며 저 자신을 돌아보기도 하였고, 두 눈을 반짝이며 꿈을 말하는 모습에 격려도 많이 해주었습니다. 친동생처럼 친해져서 활동이 끝난 후에도 계속해서 연락할 거예요."

다가갈게, 다가오렴

천천히, 그리고 꾸준히

1부

그렇게 우리는 가족이 되었다

흔히 세상에 믿을 사람은 가족밖에 없다고 말한다. 가족이라는 존재는 그만큼 든든하고 힘이 되는 존재다. 누군가와 가족이라는 이유만으로 심리적인 안정을 줄 수 있는 관계도 드물다. 그런데 낯선 사람과도 가족이 될 수 있을까? 그것도 자신과는 전혀 다른 환경, 가치관, 문화 속에서 자라온 사람과 말이다.

'시간이 지날수록 개인주의 성향이 강해지는 현대사회에서 산발적인 관계 맺기에 익숙해져 학교생활에 적응하기 어려워하는 아이들에게 가족을 만들어주면 어떨까?'라는 질문으로 '형동생만들기'는 시작되었다. 사)문화예술교육협회는 2012년부터 핵가족화와 맞벌이가 점점 심화됨에 따라 가족, 특히 형제만이 줄 수 있는 온기를 모르고 자라나는 청소년들을 대상으로 육군사관학교 경찰대학교 서울대학교 의과대학 등에 재학 중인, 사회적 책임을 가지고 있는 학생들과 형동생 관계를 맺어주고 있다.

다른 멘토링 프로그램들이 입시정보전달과 학습 코칭에 방점이 찍혀 있다면, '형동생만들기'는 형과 동생들의 '관계 맺기' 자체에 방점이 찍혀 있다. 협회에서는 다양한 청소년 문제의 본질이 핵가족 시대 소통의 부재로 보고, 외로워하는 청소년들에게 관계 맺음의 따뜻함을 전해주고자 한다. 멘토와 멘티가 아니라 형과 동생이라는 이름은 한국적인 가족 관계의 정서를 물씬 풍긴다. 실제로 많은 동생이 '형'을 가지게 되었다는 것에 만족하고 있다.

'형동생만들기'에 참여하는 동생들은 바쁘고 힘든 부모들이 자신의 고민을 들어줄 만큼 여유도 없고, 눈높이도 다르다는 것을 감지하고 있다. 생활이 어려운 가정일수록 아이들의 공허함은 더욱 크게 자리를 잡는다.

그래서 나이 차이가 크게 나지 않으면서도 그들의 든든한 편이 될 수 있는 '형'을 만들어주자는 것이다. 처음부터 형을 온전히 받아들이진 않겠지만, 자신을 알아수고 받아주는 형의 진심을 알게 되면서 그 존재가 동생들에게는 점점 가치 있게 되고, 그래서 가족 비슷한 그 어딘가에 형의 자리를 내어주게 된다.

일회성으로 끝나는 관계가 아니라 '가족'이 되어야 하니, 그 접근은 더욱 조심스럽고 섬세해진다. 가족이 되는 방법에 정답은 없고, 누구도 그 길을 알려주지 않는다. 형과 동생들은 자신들에게 제시된 새로운 관계를 낯설어하고 머뭇거리면서도 서로를 향해 다가간다.

물론, 새로운 사람을 만나 서로에게 중요한 사람이 되기까지 기쁨, 설렘, 기대같이 좋은 것들만 있을 수는 없다. 때로는 수없이 많은 실망과 갈등, 후회, 좌절의 순간들이 사이에 끼어들기 마련이다. 연락, 첫 만남, 친밀감 쌓기 등등 매 단계에서 형제는 그런 어려움을 마주하고 이겨낸다. 그렇게 형과 동생들은 친형제보다 더 친형제 같이 지내며, 서로의 가난했던 마음을 채워주고 있다.

형과 동생들의 이야기를 처음부터 한번 들여다보자.

1. 네가 답장을 안 해도, 난 또 연락할 거야

'형동생만들기'는 매년 3~4월에 참여할 형과 동생을 모집한다. 현재 육군 사관학교, 경찰대학교, 그리고 서울대학교 의과대학의 학생들이 형으로 활동하고 있다. 그리고 동생들은 인근의 중학교나 고등학교에서 담임선생님의 추천으로 모집된다. 협회의 손길은 검증된 형들을 추천받아, 학교생활에 어려움을 겪고 있는 동생들과 결연해주는 단계까지만 닿는다. 형과 동생의 연락처가 서로에게 전해지고 나면 그 후의 인연은 오롯이 그들의 몫이 된다.

'형동생만들기'로 만난 형과 동생은 한 지붕 밑에서 몸을 부대끼며 살아가는 친형제가 아니다. 같은 공간을 공유하는 가족끼리는 아무리 서로가 보기 싫을 만큼 싸워도 '집'이라는 공간에서 다시 만나고 화해하고 이어진다. 그러나 '형동생만들기'의 형과 동생들은 서로가 안 보려고 하면 더 이상 관계가 유지될 수 없다. 그래서 관계가 안정되지 않은 초창기가 중요하다. 동생과 만남에 열의를 가지고 멘토링 활동을 지속해서 할 수 있는 사람들이 엄격한 검증을 거쳐 형으로 선정된다.

"저는 사회적 재능 기부 활동에 관심이 많았습니다. 대학생이 된다면 다른 봉사활동도 좋지만, 제 재능을 살려서 사회에 환원하는 것이 굉장히 가치 있으리라 생각해왔습니다. 동생이 생긴다면 그 사람에게 더 멋지고 자랑스러운 형이 되기 위해서라도 스스로 몸을 삼가고, 열심히 마음을 가다듬을 수 있는 자기발전의 기회도 될 것으로 생각합니다."

“동화책『키다리 아저씨』에 나오는 키다리 아저씨처럼 평소 누군가에게 도움을 줄 수 있는 든든한 존재가 되고 싶었습니다. 그래서 누군가의 인생에 긍정적인 영향을 주어 더 나은 방향으로 이끌 수 있다면 그것만큼 보람된 일은 없다고 생각합니다.”

형들은 동생과의 연락에 가장 공을 들인다. 어떻게 보내면 동생한테 최대한 어색하지 않게끔 할 수 있을지 한 자 한 자 고민하면서 문자를 보내본다. 특히, 첫 만남 전까지 최대한 공통점을 찾고 이야깃거리를 만들어보려는 것이다. 형들은 친근하고 멋있는 멘토의 모습을 상상하며 좋아하는 게임, 영화, 음식 등 여러 화두를 던져본다. 하지만 아직 동생은 낯을 많이 가린다.

“살갑게 문자를 보냈는데, 돌아오는 지은이의 답장은 짧디짧은 문장에 똑 부러지게 찍어놓은, 누가 봐도 깍쟁이 사춘기 소녀 같았어요. 다시 살갑게 문자를 보내니까 전화를 할 수 있냐고 물어보더라고요. 통화를 하는데 지은이가 문득 ‘좋은 사람일 것 같아요. 언니’라는 말을 해줘서 콩닥콩닥 가슴이 뛰었네요.”

연락을 시작하게 되고 하루라도 빨리 만나면 좋겠지만, 아직 형과 동생의 마음은 엇갈려 있다. 형은 형대로 좋은 멘토가 되어야겠다는 사명감과 열의에 어깨가 무겁고, 동생은 동생대로 자신을 바꾸려 할 것만 같은 형이 부담스럽다. 형동생이 함께 딛는 첫걸음은 쉽지가 않지만, 이렇게 시행착오를 겪어가는 것이다.

"아직 얼굴도 모르는 나의 동생에게 무슨 말을 할지 고민하고, 소개 시간에 배운 멘토로서의 대화 방법도 생각하면서 말 그대로 긴장하고 있었어요. … 중략 … 내가 이 아이의 삶에 영향을 줄 수 있는 사람이 되면 좋겠다고, 그리고 이 아이가 힘들어 할 때 옆에서 버팀목이 되고 싶다는 막연한 책임감이 있었어요."

"현우와 이야기를 하면서 보이지 않는 거리감을 느꼈고 제가 잘못 생각하고 현우에게 접근했다는 것을 느꼈어요. 혼란스러웠죠."

원래 형과 동생들의 선정이 끝나면 어떤 형과 어떤 동생이 이어지게 되었는지 알리고, 앞으로 잘 지내보자는 의지를 다지는 단체 행사를 하게 된다. 마치 봉사활동의 발대식과 같다. 최근에는 육군사관학교에서 장소 협조를 해주고 있는데, 형과 동생은 그 자리에서 짧은 첫인사를 나누고 헤어지게 된다. 얼굴을 익히고 연락처를 교환하는 것이 전부인 자리가 끝나고 본격적으로 형과 동생의 만남이 시작된다.

하지만 형과 동생이 만나고 싶어도 동생의 바쁜 스케줄과 일부 형들의 특수한 상황(경찰대학이나 육군사관학교의 학교 행사나 훈련)이 겹치면 만남이 생각보다 멀어지는 경우도 있다. 비록 만나지는 못하지만, 연락을 통해 형과 동생은 서로의 상황을 이해해 주려고 노력하고, 그렇게 만들어진 애정이 더해져 그들의 아쉬움은 애틋함이 된다.

"실제로 연락해서 막상 만나려고 하니 그게 쉽지 않았어요. 제가 시간이 되면 동생이 안 되고, 동생이 되면 제가 일이 생기고, 그렇게 자꾸 시간이 어긋나더라고요. 공교롭게 약속 날짜 다 돼서 독감에 걸려 취소하고, 동생 시험 기간이라 미루고, 제가 훈련이 걸리면 또 못 만나고 하는 식으로 계속 처음 만나는 게 참 어렵더라고요. 그래서 연락이라도 하자고 해서 문자나 카톡을 자주 했어요."

요즘에는 스마트폰 하나만 있으면 언제든지 연락을 시도할 수 있다. 카카오톡을 이용하기도 하고, 휴대폰 데이터 요금이 제한된 학생들을 위해 일반 문자로도 자주 연락한다. 그렇다고 연락이 항상 잘 되는 것은 아니다. 경찰대학이나 육군사관학교의 생도들은 학교 사정상 훈련이 겹치면 연락이 어려운 경우가 생긴다. 또한, 동생들도 학교나 학원에 있는 시간에는 휴대폰 사용이 어렵다.

"문자와 카카오톡 메신저로 서로에 대해 소개하고, 궁금한 점을 물어보며 아이스브레이킹 시간을 가진 뒤에 만나는 시간을 정하고자 했습니다. 그런데 약속을 잡으려 할 때마다 ○○로부터 답변이 오지 않았고, 약속 시각을 정했음에도 정작 만나려고 했던 날에 연락이 끊겨 약속장소에서 몇 시간을 기다렸습니다."

"처음에 연락 자체가 잘 안되더라고요. 통화도 안 되고, 부모님께 전화해도 무반응이고, 그래서 카톡을 했더니 답장은 안 오고, 게임추천 톡만 오는 거예요. 그렇게 계속되다 보니까 변명 같지만, 관심을 좀 걷었던 것 같아요. 저도 모르게 손을 놓게 되더라고요."

처음부터 연락이 잘 안 돼서 답답한 형들도 있었다. 이렇게 할 것이라면 프로그램을 왜 신청했는지 붙잡고 물어보고 싶지만, 그것도 연락이 돼야 할 수 있는 일이다. 연락 문제로 결국 몇 번 만나지 못하게 되는 형과 동생도 있었다.

물론, 그렇게 손을 놓았다 해서 형들의 마음이 편할 리 없다. 그리고 한편으로 어쩌면 자신도 청소년기에 그랬을지 모르는 기억을 떠올려 본다. '형동생만들기' 첫 번째 관문에 한풀 꺾인 초심을 다잡는다. 그리고 동생들에게 다시금 다가간다.

형들은 점점 중학생의 시선으로 동생을 바라봐야 함을 깨닫는다. 멘토-멘티 관계에서 당연히 멘토를 따라야 하는 멘티가 아니라, 중학생의 동생을 둔 형으로서 중학생의 입장에서 동생을 생각해보는 것이다.

대학생들은 주중에 학교를 다니고 주말엔 여유가 있다. 그래서 대학생들은 주말에 약속을 잡으면 몇 주 뒤의 약속이라도 잊어버리지 않고 지키는 경우가 많다. 또한, 대학생은 가족으로부터 독립되어 비교적 자유롭기 때문에 개인적인 스케줄 조정이 가능하다.

반면, 중·고등학생들은 주말에도 학원에 다니느라 바쁜 경우가 많아 주중과 주말의 경계가 희미하다. 또한, 주말에 갑자기 할머니 댁을 방문한다든지 하는 가족 행사가 생기면 개인적인 선약을 취소하는 것이 동생들에겐 자연스럽다.

형들은 동생들이 갑자기 연락을 잘 안 한다든가 만나자는 약속을 깨뜨린다든가 식의 당황스러운 일들 앞에서 처음에는 화도 나고 동생의 행동들이 이해가 가질 않지만, 결국 자신이 먼저 동생에게 맞춰 다가가야 함을 깨닫기 시작한다.

다른 무엇보다 동생들이 형을 피하는 이유는 '부담스러움' 때문이다. '형동생만들기'에서 대상으로 하는 '동생'들은 경제적 소외계층, 편부·편모 가정, 학교폭력의 가해자이거나 피해자, 그리고 관계의 단절로 외로워하는 아이들인 경우가 많다. 주변의 차가운 시선들에 이미 마음에 상처를 입은 아이들이 어느 날 갑자기 형이라고 나타난 사람에게 무턱대고 호의적인 반응을 보이기란 쉽지 않다.

술·담배에, 주먹질도 하는 동생에게 누군가 멘토가 되어주겠다고 나선다. 공부 잘하는 대학생 형이라고 하자 어쩐지 학교에서 몇 등 하냐고 물어볼 것 같고, 만나면 공부나 가르치려고 달려들 것 같은 생각에 동생들은 저도 모르게 마음을 닫아버린다. 그래서 형의 연락도 무시하고, 만나자는 약속도 어기고, 그렇게 점점 이제껏 그래왔던 것처럼 자신을 숨기기로 하는 것이다.

"정말 이런 것 하기 싫었어요. 처음에는 잘 해주는 척하면서 정신 차리고 공부하라고 할 게 뻔해요. 제가 잘 못 하면 때릴지도 몰라요. 그러다가 제가 어떻게 사는지 알면 나를 버릴 거예요. 형이 자꾸 연락하는데, 그냥 귀찮았어요."

말은 귀찮다고 하지만, 계속되는 관심과 연락에 어느새 동생 마음속에 형에 대한 기대가 자리를 잡기 시작한다. '이 형도 나를 버릴까 봐 무섭다.'라는 걱정이 이에 대한 반증일 것이다. 공부도 잘하고 멋진 형들이라 자신과는 너무 다르다는 생각에 그 마음이 굳게 잠겼는지도 모른다.

당장 형들이라고 해서 큰 애정이나 사명감을 가지고 연락하고 있는 것은 아니다. 운이 좋으면 발대식 때 얼굴을 한 번 봤거나 아니면 연락처만 알고, 아직은 휴대폰으로만 연락을 하는 동생이다. 어떤 형들은 괜히 멘토링을 한다고 했나, 후회를 하기도 했을 것이다. 조금 친해졌다 생각하면 또 어느 순간 벽을 치고 있는 느낌을 받기도 한다.

이런 위기 상황들이 닥칠 때 형이 지치지 않는 것이 중요하다. 동생이 새로운 사람을 사귀는 데 두려워하고 어색해하므로 날씨가 추워지면 감기 조심하라고 연락하고, 시험 기간에는 공부 잘하고 있냐고 연락하고, 자주자주 연락하는 것이 좋다.

봉사활동을 하고 있다는 의무감이든, 정말 동생과 친해져 보고 싶다는 따뜻함이든 형들은 조금씩 다가가고 있다. 지금은 일단 그것으로도 족하다. 용기를 내어 내민 손을 동생이 뿌리친다면 다른 손을 또 내밀면 그만이다. 그러다가 동생도 용기를 내어 그 손을 잡아주길 바랄 뿐이다. 그렇게 형과 동생의 이야기는 시작된다.

2. 형이 되는 길은 험난하다

"아직 한 번도 못 만났어요. 만나자고 약속을 하긴 했는데 결국 못 만났어요. 두 시간 가까이 걸려서 동생 동네까지 갔는데 다음 주인 줄 알고 멀리 있다고 하고, 약속 장소에 나오지도 않고 연락도 안 돼서 다음 날 물어보면 집에서 잠잤다고 하고, 또 약속장소에 거의 도착할 때쯤 못 만날 것 같다고 그제야 연락하기도 하고…. 그렇게 바람만 맞았어요. 혼자 밥 먹고 돌아오는 내내 부들부들. (웃음) 별의별 생각이 다 나더라고요."

첫 만남이 가장 어렵다. 우여곡절 끝에 연락을 주고받으며 만날 날짜를 잡았는데도 동생이 나타나지 않았다는 경험담이 심심찮게 있다. 분명히 단체 만남 때는 괜찮았던 것 같은데, 자신이 뭘 잘못했나 싶기도 한다. 형이 되는 길이 이렇게 험난할 줄이야. 그래도 동생이 관계 맺음에 서툴러서 그럴 거라고 생각하며, 형은 동생에게 다시 손을 내민다.

"분명히 2시에 만나자고 했는데 2시 50분까지 안 나오는 거예요. 핸드폰도 안 받고 어쩔 수 없이 왕복 4시간을 돌아왔던 기억이 있어요. 일요일 4시간을 날렸다고 생각하니까 기분이 욱하는 거예요. 그래도 그때 제가 화를 안 내고 '그래, 난 언제든지 너 만나면 괜찮으니까 됐다.' 이렇게 훈훈하게 하니까, 그때부터 마음이 조금 돌아서는 계기가 된 것 같습니다."

그렇게 파란만장한 사연들을 만들고 겨우겨우 첫 만남이 이루어진다. 형들은 설레는 마음을 품고 동생을 만나러 간다. 첫 만남까지는 어려워도 만나고 나면 관계가 급물살을 탈 것이라는 기대를 하고 말이다. 실제로 주변 형동생들의 이야기를 들어보니 동생의 입이 한번 열리면 많은 이야기를 나눌 수 있다고 한다.

관계의 초반에 기대감에 부푼 형들이 많이 하는 실수가 있다. 바로 자신의 뛰어난 능력으로 동생에게 많은 도움을 주고, 이른 시일 안에 극적인 변화를 만들겠다는 성급함이다.

형들이 '형동생만들기'에 지원한 동기들을 보면 동생을 향한 책임감이 뚝뚝 묻어나는 사연들이 꽤 많다. 어릴 적 문제아였다고 고백한 형은 자신의 경험을 바탕삼아 올바른 길로 인도하고 싶다고 하고, 형이나 누나가 없었던 형은 그 절실함을 알기에 친형 같은 멘토가 되고 싶다고 한다. 문제아도 아니었고 친동생도 있었던 형들도 그 마음이 다르지 않다. 멘토의 어원이 되었던 그 옛날 오디세우스의 아들을 보살폈던 멘토르(mentor) 같은 형이 되고 싶은 것이다.

어렵고 힘든 환경에서 탈선의 기로에 있는 동생들이 변화할 수 있도록 열심히 도와주겠다는 마음은 정말 고맙고 정성스럽다. 그러나 모든 일은 마음먹은 대로 되지 않는 법이다.

"서로 잘 모르니까 어색하긴 하겠죠. 그런데 친해지려고 하면 부담스러워 해요. 자꾸 뒤로 빼고, 대답도 단답형이고, 좋아하는 것도 없다고 하고, 사진을 찍자고 해도 싫어하고 그랬어요. 새끼 고양이처럼 경계심이 상당하다고 할까? 제가 동생에게 이 프로그램 왜 지원했냐고 물어봤더니 학교 선생님이 하라고 해서 했다고 하더라고요."

"편부모 가정이나 학교폭력에 연관된 아이들과 함께하는 프로그램이라고 해서 우울하거나 침체됐을 거라고 생각했는데 너무 밝았고, 나름의 주장도 있어 보이고…, 제가 도와줄 게 있나 싶더라고요. 공통 관심사를 찾으려고 하는데 2000년에 태어났대요. 그냥 웃음이 나왔어요. 다른 세기에 태어나서 그런가, 감을 못 잡겠더라고요."

열정이 넘치던 형은 소극적인 동생을 만났고, 과거 경험을 살리려고 잔뜩 준비했던 형은 별문제 없어 보이는 동생을 만났고, 진로에 대해 방향을 잡아주겠다고 계획을 세운 형은 그쪽 고민과는 전혀 다른, 형이 알지 못하는 분야에 꽂혀 있는 동생을 만나게 된다. 뭔가 많이 이야기를 해주고 싶었던 형은 아직 많은 것을 이해하지 못하는 어린 동생을 만났고, 심지어 햄버거를 제일 싫어하는 형은 햄버거를 제일 좋아하는 동생을 만났다. 자신이 생각했던 것과 전혀 다른 동생을 만난 형들은 미리 짜온 계획 안에서 방황하기 시작한다.

형들은 자신의 다양한 경험과 능력을 이용한 시혜의 대상으로 동생을 생각했던 것이다. 좋은 환경 속에서 열심히 공부하여 좋은 학교에 입학했고, 그래서 중학생 아이에게 나름 성공했다고 비춰질 자신의 모습이 멋지게 뽐내지기를 기대했을지도 모른다. 멘토란 무엇을 주기 위해 끊임없이 말해주고, 멘티는 무엇을 얻기 위해 멘토가 하는 말을 끊임없이 경청한다는 틀로

갇혀있던 형들은 막상 동생을 만나고 자신이 오만했음을 깨닫는다.

"저보다 7살이나 어린 이 친구의 인생에 대해 당연히 많은 조언을 해줄 수 있을 거로 생각했어요. 하지만 첫 만남에서 이런 생각들이 다 어리석은 자만심이란 걸 깨달았습니다. 제가 옳다고 생각하며 ○○에 했던 행동과 말들이 ○○에게는 '꼰대'처럼 보였을 거예요."

형들은 동생이 자신이 생각했던 이미지가 아니고, 자신이 원하는 대로 바꿀 수 있는 게임 캐릭터가 아님을 첫 만남에서 직감적으로 알게 된다. 자신이 동생에게 바라는 모습 대신, 동생이 자신에게 바라는 모습이 무엇일지 고민해본다. 그리고 지금 동생에게 필요한 것은 진로에 대한 지식이나 공부를 하는 방법 따위가 아닌, 자존감과 관심, 그리고 형이라고 하는 든든한 버팀목임을 어렴풋이 알게 된다.

처음 친구를 사귀는 자세처럼, 아무것도 바라지 말고 더 친해지자는 마음으로 함께 공감하고 함께 이해하려는 것이다. 그렇게 형들은 동생들과 공감대를 만들기 위해 많은 노력을 한다. 다음에 동생을 만나기 위해 맛집 검색도 하고, 요즘 청소년들은 무엇을 좋아하는지 또래의 아는 동생들에게 사전 조사를 하기도 한다. 말문을 트게 하는 방법으로 게임도 같이 해보고, 대화할 때 요즘 중학생, 고등학생들의 은어를 사용해보기도 한다.

자기와는 전혀 다른 세계의 사람일 것이라고 생각했던 동생들에게 형들의 이러한 노력은 동생들의 마음을 열 수 있는 열쇠로서 제법 역할을 톡톡히 한다. 그럴 때 동생들은 경계태세를 풀고 한결 부드러워진 마음으로 자신의 모습을 보여준다.

"제 동생은 고2인데요, 술 담배도 하고 여친도 2, 3주에 한 번씩 바뀐다고 해요. 그래서 제가 오버하면서 부럽다고 했거든요. 그랬더니 좋아하면서 그 이야기를 막 하기 시작하는 거예요. 그런데 가만히 들어보니까 애가 순진하더라고요. 거칠게 구는 척해도 '애는 애구나….' 그래서 어떻게 대해주느냐에 따라 이 아이가 많이 달라질 수 있겠구나 하는 생각이 들었습니다."

래포(Rapport)는 두 사람 사이의 공감적인 인간관계를 바탕으로 한 친밀도를 의미하는 심리학 용어이다. 상담자가 내담자의 이야기를 듣고 싶다면 우선 내담자가 자신의 이야기를 편하게 할 수 있을 정도로 래포를 쌓아야 한다.

형과 동생의 관계도 마찬가지이다. 형들은 첫 만남 이후 동생에 대한 전략을 수정한다. 멘토-멘티의 수직적 관계가 아니라, 형동생의 수평적 관계로 내려와 래포를 형성하는 것이 우선임을 알았기 때문이다. 형은 이제 동생과 많이 만나고, 먹고, 놀기로, 그러니까 물리적으로 많은 시간을 공유해보기로 마음먹게 된다.

"가르침의 영역이 지금은 아니라는 겁니다. '형동생만들기'의 본질이 진짜 형과 동생을 의미하진 않겠지만, 그만큼의 관계를 의미하는 것이라고 생각해요. 적어도 우리 관계는 멘토-멘티가 아니라 형동생이 되어야 한다는 걸 말이에요."

3. '형동생만들기'는 어딘가 다르다

첫 만남 이후 관계의 물꼬를 트게 된 형과 동생은 다양한 활동을 같이하게 된다. 같이 1박 2일로 캠핑을 가기도 하고, 광화문의 위병 교대식을 보러 가기도 하고, 아쿠아리움에 가보거나 축제에 놀러 가는 등 동생 혼자서는 하기 힘든 색다른 활동들을 많이 해본다.

동생들의 성격은 다양하고 좋아하는 것도 제각각이지만 한 가지 공통점이 있다. 문화 활동에 있어서 대부분 소외계층이라는 점이다. 치열한 입시 경쟁 속에서 노는 법을 잊어버렸다는 지적이 나올 정도로 요즘 청소년들의 여가 생활 스펙트럼은 굉장히 좁다. 피시방에 가거나 친구들끼리 간단하게 외식을 하거나 가끔 영화를 보러 가는 등의 수준이다. 그마저도 경제적으로 취약한 가정의 동생들은 누리기 힘들다.

문화 활동 경험이 거의 없는 동생들은 문화생활이라는 것을 거창하고, 어렵고, 사치스러운 무엇으로 느끼고, 자신과는 상관없는 별나라 이야기로 치워버린다. 그래서 때로는 자기를 잃어버리고 어두운 곳에서 어른들의 문화를 흉내 내고, 그렇게 낙인이 찍히고 살아가면서 주눅이 드는 악순환에서 헤매게 된다.

"일단, 그 형을 만나면 뭘 먹으러 가요!"

"얼마 전에 춘천으로 놀러 갔었는데, 그렇게 멀리까지 가본 적이 없어서 일단 거기서 너무 좋았어요. 춘천에 갔기 때문에 다음엔 어디까지 갈 수 있을까 기대도 되고…"

그저 먹으러 가거나 그저 조금 색다른 것을 해보는 것인데, 동생들의 얼굴에선 웃음이 떠나지 않는다. 분명 단순히 허기를 달래서 좋아하는 것은 아니다. 그것은 즐거움이 묻어나는 행복한 웃음이다. 그동안 일상 자체가 학업 중심이었던 아이들은 일상에 문화 활동이 들어올 수 있음을 인식하지 못하고, 경험할 기회조차 없었다. 동생들은 형들과 만나서 즐기는 소소한 문화생활로 문화적 박탈감과 정서적 빈곤감에서 벗어날 수 있다.

"밥을 같이 먹거나 카페 가서 이야기를 하면 우리는 어린 학생이니까 너무 좋죠. 같이 즐기면서 더 친해지는 것 같고, 아무래도 더 친해지면 서로 많은 이야기를 나눌 수 있고, 그러면 싫어하는 공부만 했을 때보다는 더 많이 소통하고 그럴 수 있는 것 같아요. 그래서 저는 그게 제일 좋아요."

형들의 넓은 경험이 진가를 발휘할 수 있을 때다. 마냥 공부만 잘하는 줄 알았던 형들이 더 재미있게 노는 것을 보고 동생들은 신선한 충격을 받는다. 그동안 동생들에게 멘토링이라고 하면 공부만 가르쳐주었던 터라, 멘토가 대학생 형이었어도 선생님에 더 가까운 존재였다. 하지만 '형동생만들기'는 어딘가 다른 것이다. 형들이 계속 안부를 물어주고, 이야기하자고 하고, 어디를 가자고 하고…. 동생들이 생각해보면 공부만 빼고 다 하자고 하는 것 같다.

"형이 다니는 대학교에 갔거든요. 축제는 처음 갔는데요, 육사라고 해서 공부만 많이 하실 줄 알았어요. 그리고 사실 잘 못 놀 줄 알았거든요. 그런데 끼도 완전 많고, 너무 신나게 노시는 거예요. 학교랑 우리 집이 거리도 멀고 집이 좀 엄해서 돌아와서는 혼나기도 했는데, 정말 재미있었어요. 색다른 경험이었어요."

'형동생만들기'의 핵심 요소는 '놀아주기'다. 형이 동생을 보다 건전한 문화 활동으로 이끎으로써 동생들에게 가벼운 문화향유와 일상으로부터의 탈출을 제공한다. 이런 식으로 형들은 동생의 마음을 열기 위해 노력한다. 다른 형들은 어떻게 동생이랑 놀고 있는지 물어보기도 하고, 어린 동생과 함께할 수 있는 활동엔 어떤 것들이 있는지 검색해보기도 한다.

"성인들이 술을 마시면 더 진솔해지고 빨리 친해지잖아요. 마찬가지로, 동생의 힘을 빼서 취기 비슷한 상태를 만드는 거예요. 그래서 동생이랑 수영장 갔다가 헌혈을 했어요. 그리고 둘 다 기진맥진한 상태에서 밥을 먹었는데 그냥 말도 편하게 하게 되고, 그때는 예의를 좀 덜 갖추어도 이해가 되는 상황이니까 인간적으로 다가서게 되고 그러더라고요. 수영장 가니까 샤워도 자연스럽게 같이 하게 되고, 몸으로 친해지는 게 좋더라고요."

몸으로 친해지기, 그 정점은 형과 동생이 같이 가는 1박 2일 여행이다. 협회에서는 여행 계획을 세운 형들의 신청을 받아 경비를 지원한다.

형들은 부담 없이 서울 근교로 동생과 떠날 수 있다. 여행은 형과 동생 사이를 급속도로 친밀하게 하는 마법과도 같은 수단이다. 같이 기차를 타고, 번지 점프도 해보고, 저녁엔 고기를 구워 먹으면서 그날 일들을 즐겁게 다시 공유해보는 것이다.

동생들에게 부모님과 떨어져 일상을 벗어난다는 것은 탈선의 의미였지만, 형들과의 여행은 활력소이고, 문화향유의 범위를 넓혀 나가는 가치 있는 도전이다. 형들과 함께 하는 일상 벗어나기는 동생들이 더 큰 문화 활동의 장을 마련하는 계기가 되고, 더 넓은 세상을 가슴에 담아낼 수 있는 귀한 경험이 된다.

동생

"탈출이었어요. 애들이랑 하는 거 같은 그런 게 아니고 스케일도 다르고요. 형들이랑 TV 같은 거로만 봤던 걸 직접 보니까 좋더라고요. 경치 같은 거 있잖아요. 가슴이 탁 트이고 자유로웠어요. 새벽까지 얘기하다가 배고파서 나가서 라면도 사 먹고. 형이 있으니까 생각지도 못했던 걸 하고, 너무 기억에 남아요."

형

"동생이 기차를 타는 게 처음이었어요. ITX를 타고 여행을 갔는데 아주 신기해하고 들떴더라고요. 부모님과 떨어져서 타지에서 잠을 자는 게 쉽지 않잖아요. 자유를 만끽하고 싶어 해서 제가 해 줄 수 있는 것은 다 해줬어요. 새벽에 밖에 돌아다니는 것 같은 거요. 그리고 숙소에 와서 이야기를 했어요. 공부에 워낙 관심이 없는 동생에게 '공무원, 회사원, 기술자, 이런 식으로라도 진로를 정해보라' 했더니 부사관이 되겠다고 하더라고요. 그럼 공부를 좀 해야 한다고 대답해주면서 우선 수업시간에 자지 않기로 약속을 했어요."

가르치기가 아닌 함께 놀기의 중요함을 형들은 알아간다. 동생이 평소에 하고 싶었지만 하지 못했던 활동들, 존재하는지도 몰랐던 경험들을 같이하면서 같은 시간을 공유한다. 그러면서 서로의 마음을 열어간다. 지금까지는 피하기만 하고 무뚝뚝하기만 했던 동생의 즐거운 웃음을 듣는다. 그리고 같이 고생하고 재밌어하면서 결국엔 속 이야기를 머뭇머뭇 꺼내기 시작한다.

'형과 자신이 크게 다르지 않구나. 형도 나와 노는 것을 즐거워하는구나. 형이라면 같이 놀아도 재미있구나.'라고 생각하면서 마음의 장벽이 자연스레 무너진다. 동생들은 이제 이전까지 경험하지 못해 색다른 것이 아니라, 형들과 함께하는 자체로 뭔가 다르게 느껴지게 된다. 피시방에서 하는 게임도 형들과 함께하면 반말만 하던 아르바이트생이 존댓말을 하고 당당해지는 느낌이다.

나를 드러내는 것에 인색했던 동생들은 이제 형들을 만나면서 또래 공간을 경험하게 되고, 조금씩 그 공간을 자신의 이야기로 채우고 자신의 감성으로 즐길 줄 아는 청소년이 되어가고 있다. 형들에게 문화를 선물 받은 동생들은 그렇게 변해가고 있었다. 형들은 훌륭한 문화전도사다.

[1박 2일 캠프의 기록]

저희는 대학생 2명, 고등학생 1명, 중학생 1명으로 이루어진 팀이었습니다. 대학생 언니들은 졸업 후의 사회생활에 대한 막연한 걱정에, 고등학생인 다현이는 고3 수험생이 될 두려움에, 중학생 예빈이는 고등학교 진학 고민에 각자 힘든 시기를 보내고 있었죠. 처음에는 '같이 여행이나 가서 어려운 일은 다 잊고 쉬다 올까?' 하는 생각에 준비하게 되었는데, 단 하루의 여행이 서로에게 이렇게 큰 힐링이 될 줄은 몰랐네요.

언니 한희빈 학생을 제외하고는 다들 전주가 처음이라, 떠나기 전부터 미리 각종 체험이며 식사며 열심히 조사를 해 갔어요. "어떤 걸 해보고 싶어?"라는 질문에서 아이들이 답했던 것들을 최대한 많이 해보자는 생각에 사전에 각각 예약도 진행하고 가서인지 제한된 시간 속에서도 계획했던 많은 것을 해볼 수 있어 좋았습니다.

멘티 예빈이와 다현이는 손으로 무언가를 만들고 꾸미는 걸 좋아하는 여자아이들이었어요. 특히, 예빈이는 장래희망이 디자이너인 만큼 손재주도 좋고 그런 분야에 관심이 많더라구요. 그래서 처음으로 진행한 활동은 인형 만들기였어요. 각자 당나귀, 고양이 등 마음에 드는 인형을 정하고 열심히 가위질, 바느질하며 인형을 완성해냈죠. 다음으로는 매듭 공예 체험을 통해 팔찌도 만들고 매듭 책갈피와 브로치도 만들어보았습니다. 여행이 끝날 즈음에는 당일에 찍은 여러 사진을 원목에 함께 인화하기도 했어요.

그뿐만 아니라 저희는 현재의 삶과 미래의 꿈에 대해서도 많은 이야기를 나눴어요. 시작은 최명의 문학관에서 진행한 '1년 후 내게 편지쓰기'였어요. 이 활동에는 특히 멘티 다현이가 열심히 참여했는데요. 곧 고3 수험생이 되는 만큼 고민이 많아서 멘토인 저희들이 많은 격려와 조언을 줄 수 있게 노력했습니다. 한적한 한옥마을을 걸으며 친한 언니-동생으로서 수다도 떨고, 멘티 아이들이 요즘 가지고 있는 고민거리에 대해서도 듣고 함께 이야기 나눴죠. 중학생부터 대학생까지 꽤 다양한 친구들이 모인 만큼 서로에게 새로운 고민 해결책을 제시할 수 있었던 좋은 시간이었어요.

여행을 끝내고 서울로 올라오는 버스에서 멘티 아이들이 지금 집에 가기 너무 아쉽다고, 하룻밤이라도 더 자고 가고 싶다고 이야기 하더라구요. 그런 이야기를 듣는 저희 멘토들은 괜히 뿌듯하면서도 찡하는 여러 감정을 느꼈습니다. 멘티들과 몇 번 만나도 할 수 있는 일과 이야기에 제약이 있다고 느꼈었는데, 이번 여행을 통해 아이들이 마음의 문을 많이 열어준 것 같아요. 이런 좋은 기회 주셔서 정말 감사하다는 말씀드리고 싶습니다.

4. 형, 나 고민 있어요

"공부도 하기 싫고 담배도 피우고 그런다고 말해버렸어요. 그런데 형이 그냥 "그렇구나." 그러는 거예요. 원래 놀라면서 쳐다보고 막 그러거든요. 그러더니 형도 그랬다고 하면서 공부하기 싫으면 하지 말고 그냥 놀라고 하는 거예요. 그리고 같은 학교 동기 중에 어릴 때 놀았던(술 마시고 담배 피우고) 친구도 있다면서 포기하지 말고, 하고 싶을 때 열심히 하면 된다고 하더라고요. 그때부터 불안했던 마음이 편해지면서 희망 같은 것도 느껴지고, 이 형한테 물어보면 되겠구나 하는 생각이 들었어요."

동생들은 공감받기 원하고 이해받기 원한다. 지금까지 형에게 느꼈던 불안은 같이 놀면서 많이 사라졌다. 그리고 형에게 자신의 본 모습을 슬쩍 내보이기 시작한 것이다. 형이라면 자신을 있는 그대로 받아줄 것만 같아서이다.

형들은 이제야 동생에 대해서 조금 알 것 같다. 그동안 동생들에게 무엇이 필요한지 모르고 던진 형의 마음이 동생들에게는 받기 힘든 공이었을지도 모른다. 직구도 제대로 받지 못하는 동생에게 형 욕심에 변화구까지 던졌을지도 모르고, 아직 글러브도 채 끼지 못했는데 강속구를 날렸을 수도 있다. 이제야 형과 동생의 캐치볼은 안정을 찾으려고 한다. 형은 그런 동생이 기특하고 예쁘기만 하다.

"제 동생은 많이 시크해요. 그런데 어느 날 저녁 9시쯤 카톡으로 사진이 왔어요. 학원인데 공부하기 싫어서 그랬다는 거예요. 그래서 봤더니 저를 그렸더라고요. 동생도 나를 생각하고 있구나 하는 생각에 감동해서 톡을 보내려는데, '형, 저 졸려요, 잘래요.' 하고 톡이 딱 오는 거예요. 또다시 동생의 시크함에 무너졌지만, 이제 친해진 것 같아요."

아이들은 학교생활, 이성 친구, 부모님과의 관계 등 고민이 많다. 이 중에서도 가장 큰 것은 무엇보다도 진로에 대한 고민이다. 지금까지 자신의 고민을 진지하게 들어줄 사람이 없었지만, 이제는 동생 옆에 형이 있다.

"친누나는 자기 친구들하고만 놀기 바쁜데 형은 친구처럼 같이 놀아줘요. 형과 놀면서 이야기하다 보면 이것저것 고민했던 것들을 결정하는 데 도움이 돼요. 다른 사람들한테 물어보기도 했는데 그렇게 자세히 알려주지는 않았거든요. 떨어져 있을 때도 형한테 물어보면 바로 답장이 오는 편이라서 제 인생에서 어떨 때는 마음 편하게 기댈 수 있는 그런 의미가 생기더라고요. 바라는 게 있다면 형이랑 꾸준히 만나면서 고민 얘기 많이 했으면 좋겠어요."

동생들은 자신의 꿈에 대해 확실한 것이 없으니 미래에 대한 자신감도 별로 없다. 그래서 형에게 고민을 털어놓으니, 꿈을 실현하기 위해 넘어지고, 아프고, 그리고 이겨냈던 이야기를 들려준다. 자신과 똑같이 모르고 아파했던 형이라고 생각하자 새삼 형이 더 대단해 보이고 형처럼 되고 싶다는 마음이 들기 시작한다. 제멋대로 엉켜버린 실뭉치 같던 고민이 서서히 헐거워지는 것 같고, '나 스스로 해결할 수 있다'는 의욕과 동기가 생긴다.

"지금 제 친구들은 진로에 대한 고민이 많아요. 저도 그냥 대학이라는 것을 생각하기는 했지만 막연하기만 했었어요. 그런데 형이 성적이나 제가 원하는 분야의 직업을 가지려면 어떤 쪽이 유리한지 잘 얘기해 주세요. 아직 정확하게 정하지는 않았지만 다양하게 알려주셔서 구체적으로 생각할 수 있어서 좋아요."

그래서 형들의 모습은 동생들에게 자주 '힌트'라는 말로 설명된다. '우리 형'이 살아가는 모습 자체가 동생들에겐 롤모델로 제시되는 것이다. 고등학교나 대학교에 대한 막연한 동경과 진학에 대한 두려움은 이미 그런 문제들을 경험한 형들의 이야기를 들으면서 희석된다. 또 형들은 다양한 정보를 가지고 있다. 동생들은 형들이 자신에게 도움이 되는 좋은 정보들을 가지고 있음을 알고 있고, 그것들을 자신과 공유해주는데 고마움을 느낀다.

"네, 도움을 많이 줘요. 고등학교나 대학을 나왔으니까."

"아무래도 대학생 선생님이다 보니까."

"경찰대 간 형이니까, 뭔가 다른 것 같아요."

"성적이나 제가 원하는 분야 쪽에 직업을 가지려면 어떤 쪽이 더 유리한지 멘토 선생님이 잘 얘기해 주신 것 같아요."

"사실 제 친구들이 군인 같은 거 해보고 싶어 하는 친구가 있거든요. 제가 (그 애를) 만날 때마다 '너, 진짜 이거(형동생 만들기 프로그램) 해야 했는데.' 그런 애들이 되면 정말 좋은 거 같고…. 제가 만약에 여군이 적성에 맞았다면 더 언니랑 얘기 많이 하고 자극이 되었을 것 같은데…."

물론, 형들이 모든 것을 해결해 주는 것은 아니다. 하지만 동생들은 앞서간 형의 모습에서 자신이 할 일을 발견하고 문제를 해결하는 방법을 찾는 등

모든 것을 자연스럽게 익혀나가고 있다. 또한, 형들의 이야기가 모두 이해되는 것도 아니다. 그러나 동생들은 공감 가지 않는 이야기라 하더라도 그것이 자신에게 의미 있는 이야기라는 것을 이제는 안다.

무엇보다도 형이 동생의 이야기를 들어주는 것 자체로 동생은 위안을 느낀다. 동생들에겐 누군가와 편하게 속마음을 털어놓으며 이야기하는 경험 자체가 처음인 경우도 많다. 가끔은 가족의 일까지 이야기하고 공유·공감하면서 동생과 형은 더욱 가까워진다.

학교 선생님이 계신 상담실의 문턱은 넘기에는 너무 높고, 친구에게 털어놓으려고 하면 사이가 언제 틀어져 내 약점이 되지 않을까 걱정이 된다. 그렇다고 인터넷 대화방에서 생판 모르는 사람을 붙들고 이야기할 수는 없는 노릇이다. 대신 형들은 무턱대고 혼내지도 않고, 동생의 고민을 누설하지도 않는 마음껏 이야기해도 탈 날 일이 없는, 오히려 해답을 얻을 수 있는 동생들의 안성맞춤 고민 상담가인 셈이다.

누가 훈계하듯 알려주는 답은 들리지 않는다. 동생들이 직접 고민하고 직접 풀어낸 답은 온전히 동생들의 것이 되고 있었다. 못 만나도 서로 힘들 때 주고받는 문자 하나, 작은 소통만으로도 동생들은 힐링을 받고 있다.

동생들을 알기 시작한 형들은 조금씩 범위를 넓혀보기 시작한다. 여자 친구를 사귀면 여자 친구의 방이 궁금하듯 형들은 동생들의 공간이 궁금해진다. 그리고 동생들의 공간에서 동생 주변 사람들에게 말해주고 싶은 욕심도 생긴다. 내가 우리 동생 형이라고.

"네 번째 만남 때 동생 가족분들을 만났어요. 어머님이 무척 좋아하셨어요. 동생이 경찰이 꿈이라서 공부에 대한 것부터 여러 가지 이야기도 많이 해주니까 집에 와서 경찰대 가고 싶다고 그랬나 봐요. 부모님께서도 저에게 너무 고맙다면서 소고기를 차려주셨어요. 그때 정말 감동이었어요. 그런데 집에 가보니까 동생이 밖에서 보는 모습이랑 또 다른 거예요. 친여동생한테 막 욕하고 놀리고, 생각보다 철이 없더라고요. (웃음) 집에서의 동생 모습을 보면서 더 많이 알게 됐어요."

"동생이 학교에서 학부모님 일일 강사 역할 시간이 있다고 해요. 그래서 동기랑 정복을 입고 동생 학교에 찾아갔죠. 동생 반 친구들에게 이런 형이 있다고 보이려고요. 기념품도 챙겨주고 하니까 동생이 자부심이 생겨서 친구들에게 자랑하는 거예요. 참 좋더라고요."

"11월인데 상당히 춥더라고요. 근데 동생이 체육복 반바지에, 반소매 슬리퍼를 신은 거예요. 그러고는 별로 안 춥대요. 가방을 열어 보니까 아주 오래돼 보이는 찢어진 청바지만 있는 거예요. 그 길로 바로 바지랑 신발 사러 갔어요. 동생이 따뜻하게 입으니까 마음이 좀 낫더라고요."

진짜 형제가 되어가는 것일까? 처음 만날 때만 해도 어색했던 대학생과 중학생은 어느새 서로가 서로를 자랑스러워하는 형제가 되어가고 있었다. 동생과 친해질수록 동생이 더 좋아지고 가슴 먹먹해지는 순간들이 점점 잦아진다. 몸으로 놀아줬던 형들이 이제 동생들을 마음으로 품기 시작한 것이다.

동생이 고민하는 진로에 대해 조언해주고, 동생의 자신감을 살려주고 싶은 형의 마음을 동생은 알까? 처음에는 형들의 마음을 몰라주는 것 같아 야속하고 포기하고 싶었던 형들이다. 하지만 이제는 몰라도 상관없다. 그저 내 동생이 잘됐으면 좋겠다. 그것이면 됐다 싶다.

5. 우리는 형제입니다

동생들은 형들과 만나서 좋았던 감정을 인연이라는 단어로 표현한다. 그 표현은 서툴지만, 단순히 멘토링 프로그램에서 만난 형 정도로 그를 떨어뜨리고 싶지 않은 마음이다. 친구가 되기도 하고, 형제가 되기도 하고, 때로는 부모 같기도 한 형들은 동생들에게 새로운 인연에 대한 기대감 그 자체였다.

"일단 크게 얻은 건 형이에요. 형과 인연이 잘 맞아서 좋은 것 같아요. 처음에는 약간 공부만 열심히 하고 잘난 척할 것 같았는데, 막상 만나보니까 친절하고, 되게 좋고, 쉽게 다가갈 수 있었던 것 같아요. 그냥 어른보다 형이라서 그런지 더 가깝게 느껴지고 제 이야기를 열심히 들어줬거든요. 그러니까 정말 친형처럼 친해졌어요. 그래서 스트레스를 많이 받는 친구에게 추천하고 싶어요. 기댈 수 있는 형이 생기는 거니까요."

새로운 형이 생겼지만, 진짜 피를 나눈 가족이 아니라는 것도 동생들은 안다. 그래서 동생들은 더욱 다행이라고 생각한다. 부모는 공감대를 형성하기에는 너무 멀리 있고, 또 같은 청소년기를 보내고 있는 친형제들은 부딪히기만 한다. 부담 없이 더 편하게 형들과 소통할 수 있다는 것만으로 동생들에게는 즐겁고 기쁜 일이다. 힘들 때 자신을 믿어주고 지지해 주는 것이 동생들에게 큰 힘이 된다.

“아무래도 엄마, 아빠보다는 편하게 말할 수 있어요. 공유할 게 많으니까 잘 통하거든요. 마음을 털어놓고 얘기한 적이 별로 없었는데, 형이 잘 들어주고 괜찮다고 하니까 정말 괜찮아지는 것 같고…. 그러니까 고민 있을 때 형을 찾는 것 같아요.”

형을 만나는 동생들은 거의 생활이 넉넉지 않은 가정환경의 아이들이다. 그러다 보니 자라면서 나를 채울 만한 경험은 적고, 되는 일보다 안 되는 일이 더 많았던 아이들은 저도 모르게 부정적이고 소극적인 모습으로 자신을 그려나가고 있었다. 그런데 우울하고 어두웠던 동생들의 캔버스에 변화가 찾아왔다. 처져있던 눈초리와 입꼬리가 올라가고, 밋밋했던 광대가 하늘과 맞닿을 준비를 끝냈으며, 뿌옇게 흐렸던 눈동자는 반짝반짝 빛을 내기 시작했다.

“형을 만나고 웃음이 많아진 것 같아요. 그래서 그런가? 제가 화를 잘 냈었거든요. 누가 내 물건 그냥 쓰면 화가 나고, 작은 일에도 신경질 나서 엄청 짜증 냈어요. 그런데 형을 만나고 나서부터는 누가 내 물건을 써도 화가 안 나고 ‘써도 된다.’ 그래요. 한 번 웃기 시작하니까 마음도 좋아지고 제가 좀 바뀌는 것 같아요.”

웃음이 많아지면서 동생들은 말도 많아졌다. 자신의 틀이 깨지는 것을 용납하지 않던 청소년기 동생들도 이러한 변화는 내심 기분이 좋다. 그렇게 물어봐도 대답 없고, 겨우 억지로 단답만 뱉어내고는 열쇠로 꽉 잠가놓았던 입도 웃음을 찾으면서 어느새 자물쇠가 풀려 자신의 목소리를 찾아 나서고 있다. 형들에게 생활을 이야기하고, 생각을 말하고, 다른 사람에게는 자랑이 늘어간다.

"처음 만나는 사람과는 이야기 잘 안 했어요. 친한 친구랑만 놀고 그랬거든요. 그런데 형이랑 몇 번 만나고, 그러면서 얘기도 많이 하고 그러니까 만나는 것에 대한 자신감, 뭐 그런 게 생기는 것 같더라고요. 원래 나서는 것도 별로 안 좋아하는데, 형이랑 했던 거 나오면 얘기도 막 하고 자랑도 하고…."

동생들은 웃음과 말이 많아지고, 경험이든 사람이든 새로운 것에 대한 두려움이 없어지고 있다. 위축되고 소극적이었던 동생들이 어깨를 펴고 가슴을 열고 있다. 그리고 그 펼쳐진 어깨에는 당당함이, 열린 가슴에는 자신감이 채워지고 있다. 형들을 통해 갖게 된 자신감은 방치하듯 내려놓았던 자신을 다시 붙잡고, 자신의 가치를 찾아가는 길라잡이가 되고 있다.

형들도 동생과의 인연에서 많은 것을 느끼고 배운다. 많은 형들은 자신들이 동생과 함께 성장할 수 있었다며 교학상장(敎學相長)의 가치를 말한다. 동생의 마음을 열어주려면 공감과 이해가 바탕이 되어야 하는데, 동생에게 공감하다 보면 어느새 동생에게 물들어가는 자신을 발견하게 된다.

조금 더 참고, 성급하게 판단하지 않으며, 동생을 있는 그대로 받아들이는 방법을 고민하고 실천하면서 형들도 더 성숙해진다. 관계에서 가장 중요한 것이 의사소통이라는 점도 배운다. 그리고 무엇보다도 동생이라는 존재가 있다는 것이 얼마나 소중한지 느낀다.

"이 프로그램에서 정해진 시간이 지나도 지금 동생과 계속 연락을 했으면 좋겠어요. 그래서 동생이 어떻게 성장하는지, 어떻게 사회의 인재가 되어 가는지를 지켜보고 싶어요."

"형이 나중에 다른 곳으로 가도 계속 만나고 싶어요. 예전에는 형이 저를 버릴까봐 무서웠는데, 이제는 믿음 같은 게 생겨서 괜찮아요. 꾸준히 연락하면 좋을 거 같아요."

'형동생만들기'의 형들은 본인의 학년에 상관없이 형에 지원할 수 있다. 열정 가득한 3, 4학년들의 지원도 꽤 많은 편이다. 하지만 졸업하게 되면 '형동생만들기' 활동은 공식적으로 종료가 된다. 1년 이상 동생과 관계를 맺으며 끈끈한 형제애를 쌓아온 형 동생들은 자연스레 그 끝의 모습을 고민하게 된다.

처음에는 봉사활동의 일환으로 시작했던 활동이지만, '이제는 봉사활동을 한다'가 아닌, '동생을 만나러 간다'가 됐다. 한번 생긴 동생은 학교를 졸업한다고 사라지지 않는다. 형은 동생을 계속 만나고 싶고, 동생도 형을 계속 만나고 싶다.

"동생이 수능 끝났는데 이제는 같이 술 한잔하잡니다. 저도 술을 생도 때부터 마신 적이 없어가지고 잘 못 하는데, 처음으로 술을 한 번 동생이랑 먹어볼까 생각 중에 있습니다. (웃음)"

그래서 형과 동생은 미래를 그려본다. 인연이 계속되기를 바라며 동생은 동생대로, 형은 형대로 자신의 삶을 살아나가는 것이다. 시간이 지나 동생도 어른이 될 테지만, 형은 어른이 된 동생을 빨리 만나고 싶다. 이제는 세상에 하나밖에 없는 소중한 내 형, 내 동생이니깐.

올해의 만남
문제
보기

그냥 같이 걷기만 할게

언니 지현, 동생 수진(가명)

어느덧 동생과 함께한 지 2년이 흘렀다. 친동생처럼 따라주고 자기 얘기도 많이 해주는 동생에게 너무 고마웠다. '형동생만들기'를 같이 하면서 멘토링은 멘토와 멘티 둘 다 성장할 수 있는 것이라고 인식이 바뀌었다. 예전에는 동생은 어떤 생활을 하는지, 무슨 고민이 있는지를 포함해서 동생에게 일어나는 일을 알아내야 한다는 약간의 의무를 느꼈었고, 그래서 정기적으로 만나며 그때마다 대화를 이어나가는 식이었다.

하지만 어느새 단순히 동생이 어떤 생활과 생각을 하는지 그 자체가 궁금해지기 시작했다. 진심으로 동생에 대해 알 고 싶어졌다. 그래서 작년보다 더 재밌고 더 능숙하고 더 자연스러운 만남을 가지게 되었다. 그리고 작년에는 의식적으로 동생에게 도움을 주려는 의도를 가져서 동생에게 실질적으로 어떻게 도움을 주는지에 대해 자꾸 고민했던 반면, 몇 번의 멘토링 교육을 듣고 동생과 나와의 관계에 대해 생각하면서 동생에게 어떠한 변화를 끌어

※ 형들이 직접 솔직하게 풀어낸 동생과의 이야기입니다. 등장하는 이름은 모두 가명입니다.

오지 않아도 된다는 것을 배웠다. 처음 그 얘기를 들었을 때는 의심스럽고, 멘토의 존재에 대해 회의감이 들었지만, 지금 와서 생각해보니 그게 맞는 말이었다. 동생은 알게 모르게 나의 영향으로 공부에 더 의욕적이었고, 예전과 비교해서 정서가 많이 안정된 것처럼 보였다. 물론, 착각일 수도 있고 나와의 관계가 편해져서 그렇게 보이는 것일지도 모르지만 말이다.

이번 한 해 동안 수진이와 나는 다양한 경험을 나누었다. 대학교 캠퍼스에 초대해서 도서관을 구경시켜주고 과학 강의도 함께 들었었다. '한국무용'이라는 야외수업에 동생을 데려가 같이 공연을 관람하기도 했다. 동생이 공부에 관심이 커진 만큼 학업 의욕을 높일 수 있게 대학교에서 제공하는 많은 유익한 기회와 활동을 소개해줬다. 그리고 다른 형, 동생과 당일치기로 놀러가기도 했고, 공부도 가르쳐주면서 동생과 더 유익한 시간을 보냈다.

내가 동생에게서 감명받은 것은 확고한 가치관이다. 매번 느낀 것이지만, 동생은 학생다운 수수한 얼굴과 옷차림을 좋아한다. 동생 눈에는 성격도 착하고, 공부도 잘하고 잘 노는 친구가 제일 예뻐 보인다고 말했었다. 그리고 어머니를 생각하는 깊은 생각에도 가끔 놀랄 때가 있었다. 지금은 동생이 참 사랑스럽게 느껴진다. 동생의 큰 변화는 내가 물어보지 않아도 먼저 자기의 얘기를 해주는 것이다. 담임선생님과 있었던 마찰, 같이 노는 친구 무리, 가족 얘기 등 동생의 얘기를 듣고 있으면 내 또래와 얘기하는 것만큼 재미있다.

1년이 넘는 시간을 함께하면서 서로에 대해 많은 것을 알게 되었다. 나도 스스로 깨달은 점이 많고, 그 나이 또래 친구들이 어떤 고민을 하고 있는지 알게 됐다. 그리고 수진이는 내가 아는 중학생 친구보다 더 성숙한 모습이 보였다. 앞으로도 함께 추억을 만들어 서로에게 좋은 시간으로 남았으면 좋겠다고 생각한다.

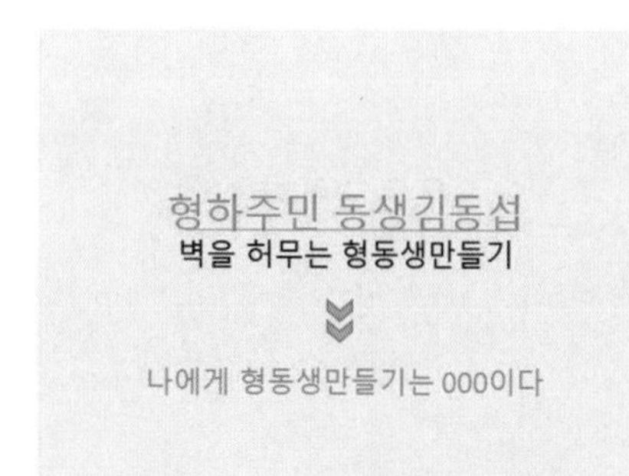

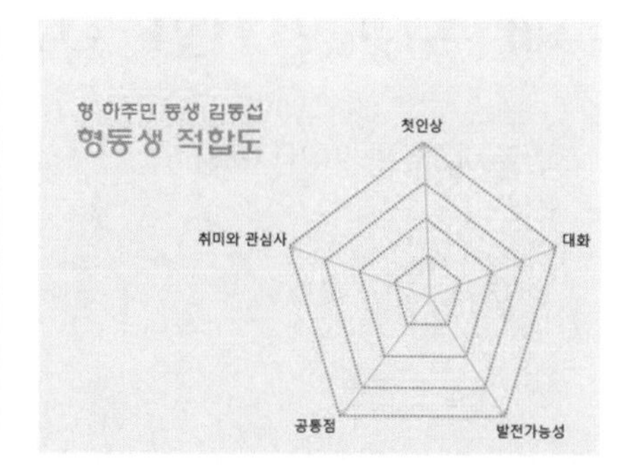

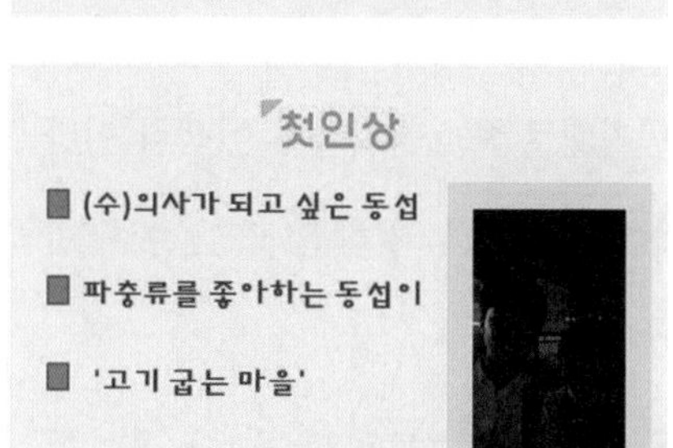

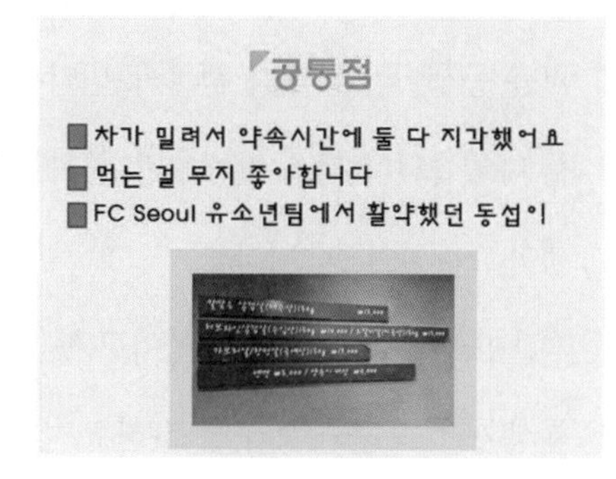

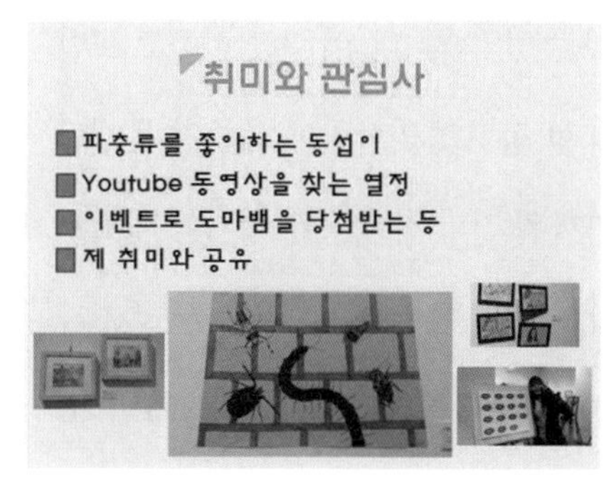

내 동생 민기와 함께

형 동재, 동생 민기(가명)

민기와 처음 만났던 기억이 벌써 2년이 다 되어갑니다. 저는 저 나름대로 처음 동생이란 존재가 생겨서, 민기는 민기대로 쑥스러워하며 어색한 인사를 나눴습니다. 다소 말랐지만, 중학생치고는 큰 키, 순진한 얼굴, 그냥 딱 범생이 스타일이었습니다.

같이 지내다 보니 누가 형이고 누가 동생인지도 잘 모르겠습니다. 공부는 최상위권, 축구와 농구를 잘하고, 심지어 여자 친구까지. 중학생 때의 저보다도, 지금의 저보다도 더 바람직하게 살고 있었습니다. 아주 건전하고 모범적인 민기라 가끔 고민을 들어주는 동네 형 정도의 역할밖에 해주지 못했던 것 같습니다. 민기의 집과 제 기숙사가 가까워 진짜 친한 동네 형처럼 배고프거나 하고 싶은 것이 있으면 편하게 연락해서 자주 만났습니다. 마른 민기가 내심 안쓰러워 둘이서 무엇을 먹는 기억이 대부분입니다. 일식, 철판 요리, 고기, 장어 등등 많은 것들을 먹었습니다. 특히, 민기에게 처음으로 장어의 맛을 알려줄 수 있어서 상당히 기뻤습니다.

진지한 고민 상담도 매번 식사에 곁들여졌습니다. 아마도 맛있는 음식과 함께 어색함과 긴장이 많이 해소되고, 가족과 같은 편안함을 느끼게 될 수 있었기 때문일 것입니다. 꿈, 공부, 학교생활, 그리고 전혀 도움이 되진 못했던 여자 친구 고민까지. 비록 완벽하진 않아도, 나름의 제 의견을 말해주었고, 그 고민을 들어주는 것만으로도 민기가 많은 위로를 받았습니다. 누구와 이렇게 편하게 속마음을 털어놓으며 이야기해보는 것이 처음인 것 같았습니다. 가끔은 가족의 일까지 이야기하고 공유, 공감하면서 민기와 오랫동안 만나며 많이 가까워졌다는 것을 직접 느꼈습니다.

한번은 영화를 보러 가서 좌석에 앉아 광고를 보고 있을 때였습니다. 우연히 내일 있을 농구대회 이야기가 나왔는데 민기가 사실은 어릴 때 스포츠 선수가 되고 싶었다고 속내를 털어놓았습니다. 부모님의 반대가 있어서 포기했지만, 지금 생각해보면 약간 후회된다고 했습니다. 그 후로 자라면서 자신이 스포츠 재능이 있었다는 생각이 들어서 부모님에 대한 원망은 없었지만 갈 수 없었던 길에 대한 아쉬움이 남았다고 합니다.

비슷한 경험이 있었던 저라서 그러한 부분에서 쉽게 공감할 수 있었고, 무슨 이야기를 해줘야 할지도 알고 있었습니다. 민기는 스포츠 선수가 아닌, 스포츠 마케터나 매니저와 같은 새로운 꿈을 가졌습니다. 좋아하고 하고 싶은 것을 할 것이라는 꿈은 똑같고, 단지 그 방법만 바뀌었을 뿐입니다. 열심히 응원해주고 있으며, 민기가 꿈을 이룰 것이라 믿어 의심치 않습니다.

경찰대학생인 형이라서 뿌듯할 수 있었던 적도 있고 민기도 자랑스럽게 여기고 있습니다. 제복을 입고 민기네 학교에 가거나 경찰교향악단의 공연이 있는 날이면 민기의 인기는 폭발적이었다고 합니다. 민기에게는 "너, 경찰대 다니는 아는 형 있다며?"라는 말과 친구들의 부러운 시선이 꽤나 좋았나 봅니다.

저라는 존재가 민기와 함께해오며 남에게 떳떳이 자랑할 수 있는 존재가 되었고, 민기에게 큰 존재로 자리 잡았다는 점에서 참 다행이고 잘되었다고 생각하였습니다. 제가 다쳤을 때는 직접 학교로 찾아와 만났습니다. 저 또한 인간적인 면모를 보여주었는데, 가족과 같은 느낌으로 불쑥 다가왔습니다.

민기와 함께 해온 지 2년이 다 되어가며 전시회나 미술관도 가보며 여러 문화생활도 해보고, 서울 투어도 같이하는 등 많은 추억을 쌓을 수 있었습니다. 평소에 쉽게 할 수 없는 좋은 경험을 현우와 함께하면서 더 뜻깊고 재밌게 했습니다. 이렇게 생긴 인연이 앞으로 오랫동안 길게 유지되었으면 좋겠습니다.

계산 없이 만나는 사이로

형 유선, 동생 태현(가명)

부끄럽지만 1학년 때 단 한 시간도 봉사를 하지 않았다. 그리고 2학년이 되어서 멘토링을 하게 되면 멘토링 특박이라는 것을 받을 수 있는 학교 제도가 있음을 알게 되었다. 경찰대학 저학년은 월요일이나 목요일에 외출이 불가한데, 멘토링을 하면 봉사를 하는 것이지만 학교 밖으로 나갈 수 있었고, 보상으로는 일요일에 특박이 주어졌다.

정말 운이 좋게도 내가 맡았던 동생은 너무나도 대화가 잘 통하는 동생이었다. 학업적인 도움도 주려고 했지만, 그보다는 인생에 대해서 좀 더 대화를 나눴던 것 같다. 그 동생은 너무도 날 잘 따라줬다. 동생과 시간을 보내면서 보람이라는 가치를 깨달을 수 있었다. 그때였던 것 같다. 내가 누군가에게 도움이 된다는 것이 곧 보람임을 알게 된 것은.

기본적으로 동생들에게 필요한 것은 공부나 진로가 아니라 부모님이나 선생님에게는 말할 수 없는 그들만의 고민을 들어줄 사람이라고 생각했다. 그들의 고민을 진심으로 들어주기 위해서는 친근감이 바탕이 된 신뢰가 필요했다. 그리고 그러한 신뢰를 끌어내는 것은 그리 어렵지 않았다.

개인적으로 사교성이 좋기도 했고, 담당하게 된 동생이 너무나도 나와 잘 맞는 동생이었기 때문이다. 공통으로 관심이 있는 운동을 하기도 했고, 동생이 특히 좋아하는 영화나 뮤지컬과 같은 문화 활동을 함께 하는 시간을 가졌다. 동생이 현재 중3이어서 입시로 바쁜 사정으로 인해서 여행은 가지 못했지만, 매번 다른 장소에서 만나고, 그 지역 맛집을 탐방하며 매 만남 짧은 여행 같은 시간을 보냈다.

학교에서 공부로 힘들었던 기억을 잊고 재밌게 노는 시간을 가짐으로써 무엇이든지 믿고 말할 수 있는 진정한 형으로서의 신뢰를 얻을 수 있었던 것 같다. 물론, 이는 동생이 너무나도 잘 따라와 준 덕분이었다. 가끔 동생이 고민 상담을 해오는 경우가 있는데, 이런 경우에는 진지한 모습으로 대답해주었다. 어린 동생이 짊어진 짐을 덜어줄 수 있는 진짜배기 형이 돼주고 싶었기 때문이다.

'형동생만들기'를 해온 지 어느덧 1년 반이 지났다. 처음 이 프로그램을 시작했을 때의 내 생각은 내가 동생을 위해 봉사를 '해준다'라는 것이었다. 내가 혜택을 베푸는 것이고, 동생은 그 혜택을 받는 것이라 여겼다. 그러나 아니었다. 오히려 동생이 생기면서 내가 얻은 것이 더 많다는 생각을 하게 되었다.

외동아들인 나는 동생이 있다는 느낌이 무엇인지 알지 못했다. 하지만 태현이와 시간을 보내면서 우애라는 감정을 처음으로 느낄 수 있었다. 그리고 중3인 동생이 보여주는 순수함, 착한 심성, 그리고 계산하지 않는 행동은 어른인 나를 부끄럽게 만들었고 반성하게 하였다. 내가 일방적으로 동생에게 도움을 주는 것이 아니라, 동생도 나에게 깨달음을 얻게끔 도와주고 있었던 것이다.

'형동생만들기'의 가치는 여기에 있다고 생각한다. 우연으로 맺어진 형과 동생의 사이를 그 어떤 사이보다 가깝게 해주고, 그 관계 사이에서 배움과 봉사의 가치를 나눌 수 있다는 데에 이 프로그램의 취지와 목적이 있다고 생각한다. 이제 이 프로그램을 할 수 있는 시간도 두 달 정도밖에 남지 않았다. 하지만 나는 평생 갈 수 있는 동생을 만나서 너무나도 감사하다. 더 많은 학생들이 이러한 느낌을 받을 수 있었으면 좋겠다.

Fly
Emirates
Fly
Emirates

2부
'형동생만들기'는?

1. 형동생만들기는?

'형동생만들기'는 사단법인 문화예술교육협회 주관으로 도움이 필요한 청소년들에게 가족을 만들어주자는 슬로건을 가지고 진행되는 일대일 결연(結緣) 프로그램입니다

핵가족 시대에 형제·자매가 없이 크는 아이들이 많은 반면에, 사회의 변화 및 발달에 발맞춘 청소년의 교육 문제에 대한 실질적인 복지와 대책이 없다는 문제의식을 가지고 '형동생만들기'는 출발했다.

'형동생만들기'는 청소년 발달에 가장 큰 영향을 미치는 것이 가족관계, 특히 자라는 아이들이 '보고 자랄' 대상의 부재라고 보고, 청소년에게 긍정적인 롤모델을 제시해 자존감을 되찾게 해주는 데 그 목적을 두고 있다.

특히, 학교폭력과 취약한 가정환경으로 인한 학교 부적응 청소년을 대상으로 경찰대·육사·의대생 등의 사회적 책임을 가지고 있는 형들과 형제 관계를 맺어줌으로써 자존감을 고취시켜 학교생활과 또래 관계의 적응을 돕는 것이 가장 주요한 목표이다. 더불어 형들과 함께하는 활동들은 캠핑, 연극, 외식, 축제 등등 대부분 동생들이 이전에는 경험하기 힘들었던 문화생활인 경우가 많다. 이에 동생들에게 문화생활의 장벽을 낮춰주고, 문화생활의 즐거움을 느끼게 해주며, 이를 통한 자아실현과 건전한 여가 활동을 돕는다.

1) 멘토와 멘티보다는 형과 동생

최근 멘토링 교육이 활성화되면서 많은 사람들에게 멘토와 멘티라는 단어가 익숙해졌다. '형동생만들기'에서는 기존의 멘토와 멘티라는 이름 대신 형과 동생이라는 이름을 사용한다.

멘토라는 말은 고대 그리스 신화에서 오디세우스가 트로이 전쟁에 나가기 전 가장 믿을 만한 사람인 멘토르(Mentor)에게 자기 아들의 양육을 맡기고 간 것에서 그 어원을 찾는다. 이때 교육자와 피교육자 간의 수직적 위계가 만들어진다. 이러한 관계는 멘티가 멘토를 따를 때 가장 효율적인 교육방법이 될 수 있다.

그러나 '형동생만들기'가 대상으로 하는 청소년들은 학교폭력과 경제적으로 취약한 가정환경으로 인한 학교 부적응 청소년들이 많다. 이러한 아이들은 낯선 사람에게 쉽게 마음을 열지 못하고, 멘토의 가르침은 자칫하다간 어른들의 '꼰대 말씀'이 되기 쉽다.

그래서 '형동생만들기'에서는 학생들에게 멘토 선생님이 아니라 형을 만들어주기로 했다. 한국 사회에서 형동생 사이라는 것은 많은 의미를 내포한다. 서열 문화가 강한 한국 사회에서 동생에게 형은 어느 정도 상급 서열자의 위치를 갖지만, 그 강도는 부모나 교사 혹은 선배들에 비해 훨씬 덜하다. 그렇기에 형의 조언은 나름의 권위를 가지면서도 동생들에게 압박감을 덜 줄 수 있다.

한편, 형과 동생이라고 하는 가족관계의 호칭은 멘티와 멘토를 공적인 관계가 아니라 사적인 관계로 묶어준다. '형동생만들기'는 일회성 멘토링이 아닌 지속적인 멘토링을 전제로 한다. 형과 동생이 수평적 위치에서 지속적인 친밀감을 나눌 수 있어야 하기 때문에 각자가 각자의 사적 영역으로의 침투는 필수적이다.

형과 동생이라는 이름은 멘토-멘티가 가지는 수직적 긴장감을 수평적 친밀감으로 완화하고, 가족이라는 지속적으로 발전 가능한 관계를 만들어줌으로써 소통과 관계에 어려움을 갖는 청소년을 효과적으로 도와줄 수 있는 프레임으로 기능한다.

2) 형동생의 선정 방법

형

형 언니들은 현재 경찰대학교, 육군사관학교, 서울대학교 의과대학 학생 중에서 모집하고 있다. 2012년 첫해에 경찰대학교 학생 29명과 언동중학교 학생 29명의 결연이 이루어졌고, 다음 해인 2013년부터 육군사관학교(21명)와 서울대학교 의대(9명)가 합류하여 지금의 모습을 갖게 되었다.

'형동생만들기'의 활동은 거의 미성년의 동생들과 사적인 공간과 시간에서 이루어지는 일대일의 만남이다. 그래서 동생들의 안전을 최대한으로 보호하기 위해 형의 인적 자원은 사회적 책임을 1차적으로 검증받은 경찰대, 육사, 서울대 의대에서 우선으로 뽑고 있다. 또한, 형이 되고자 할 때 철저한 사전 인터뷰와 멘토 교육을 이수해야 한다. 위와 같은 신중한 선정과 형들의 사명감 덕분에 2012년 이래 발생한 불미스러운 사건은 단 한 건도 없다.

2017년 기준으로 150여 명의 형들이 활동하고 있는데, 멘토링 활동을 효과적으로 진행하기 위해 각 학교에서는 형들마다 대표단을 조직하고 있다.

(육군사관학교는 대표단뿐 아니라 교내 리더십센터를 통해 학교 차원으로 '형동생만들기'에 참여하고 있다.)

동생

동생들은 학교로부터 학교폭력(피해자, 가해자), 학교 부적응, 비행 청소년 등을 우선으로 학교 및 지역 사회 교육복지센터 또는 지자체에서 대상 학생을 추천받아 선발한다. 한 명의 동생에, 한 명의 형을 원칙으로 한다.

동생들은 대부분 경제적으로 취약한 가정환경과 소통의 부재 속에 놓여 있다. 그 때문에 동생들은 낮은 자존감, 원만하지 못한 대인관계, 양적으로나 질적으로나 부족한 문화 체험 등의 어려움을 호소하고 있다.

그래서 학교, 협회, 형들의 접근은 더욱 신중해야 한다. 정보, 여가 활동 등의 물리적인 도움을 주는 데 그쳐서는 안 된다. 인연, 가족, 형제를 만드는 활동이기 때문에 가식적이고 피상적인 접근은 오히려 동생들에게 큰 상처를 줄 수 있다. 동생들이 심리적으로 어떤 부분에서 불편해하고 어려움을 겪는지 꾸준히 파악하고, 동생들의 정서적 안정이 무엇보다도 중요함을 인지해야 한다.

2. '형동생만들기'에선 어떤 활동들을?

1) '형동생만들기' 결연식

'형동생만들기'를 본격적으로 시작하기에 앞서 형과 동생을 맺어주고 얼굴을 익히는 시간을 갖는다. 육군사관학교에서는 교내 리더십센터를 중심으로 학교 차원에서 '형동생만들기'를 지원해주고 있는데, 매년 육군사관학교에서 장소를 협조받아 결연식을 진행하고 있다.

형과 동생이 한자리에 모이고, 어떤 형이 어떤 동생과 매칭되었는지 보여준다. 이미 추천서와 철저한 면담을 통해 학생들의 성향 등을 파악하고 선정과 매칭이 완료된 상태지만, 이름이 불릴 때면 월드컵 조 추첨을 하는 것처럼 긴장감이 흐른다.

형과 동생이 차례로 불리고, 앞에 나와 서로를 확인하고, 사진을 찍는다. 이후 서로 연락처를 교환하고 시작되는 인연의 설렘을 가득 안고 헤어지게 된다.

2) 형, 놀아줘

'형, 놀아줘'는 '형동생만들기'를 대표하는 활동이자 그 자체라고 할 수 있다. '형, 놀아줘'에 참여하는 인원은 약 300여 명으로, 현재 활동하는 형과 동생 전원이다. 3~4월에 대학생과 초·중·고등학생을 모집하여 형동생 결연을 한 후 자동으로 '형, 놀아줘' 활동은 시작된다.

협회와 학교 등 관계 기관의 개입은 형동생을 맺어주는 데에서 그친다. 기본적으로 형과 동생의 자율적인 만남을 전제로 하며, 형과 동생의 애정에 따라 크게 좌우된다. 생판 처음 보는 남에서 친형제로 거듭난 형동생은 주체적으로 '형, 놀아줘' 활동을 기획하여 실행에 옮긴다.

형과 동생은 다양한 활동을 같이한다. 체육 활동으로는 스포츠관람, 스포츠 활동, 문화예술 활동으로는 영화, 연극, 및 뮤지컬 관람, 학업 및 진로 활동으로는 학교 공부, 진로 및 고민 상담, 독서활동, 동생학교 방문하여 동생 친구와 놀기, 형의 모교 방문이 있다.

이 외에도 식사, 게임 등 부담 없이 언제든지 만나 할 수 있는 활동과 1박 2일 캠핑과 같이 동생들이 혼자서는 쉽게 할 수 없는 활동들이 이어진다. 형과 동생이 친형제처럼 어울리는 데에 도움을 줄 수 있는 다양한 활동과 체험이 모두 '형, 놀아줘' 활동 범위에 들어간다. 학업 및 진로 관련 활동에 치중되어있는 기존 멘토링 프로그램과는 다른 특징적인 부분이다.

3~4월에 결연한 형동생은 주체적으로 6~12월까지 형, 놀아줘 활동을 이어나간다. 형과 동생이 주기적으로 좋은 만남을 이어왔다면 형제의 인연을 계속 이어나가고, 부득이한 경우에는 12월을 끝으로 짧은 인연을 정리한다.

3) 밴드(Band) 활용 활동 공유

하루의 만남을 마무리한 후에 형은 동생과 활동한 내역을 자신이 속한 밴드에 일기형식으로, 동생과 활동한 사진을 포함하여 기록한다. 학교별로 네이버 밴드를 조직하여 활동 내역을 작성하며, 내용은 형들끼리만 공유된다.

이는 동생과 가졌던 만남을 피드백하게 된다는 점에서 중요하다. 이번 만남에서 어떤 점이 좋았고, 어떤 점은 미숙했는지, 다음 만남에서는 어떻게 부족한 부분을 보완해나갈 것인지 고민하면서 만남의 만족도를 높인다.

또한, 활동 내용을 사진과 함께 공유함으로써 일대일 만남에서 발생할 수 있는 혹시 모를 사고를 방지한다. 사적인 만남에서 만든 동생과의 비밀은 형과 동생만이 공유하면서, 동생을 만나 무엇을 먹었고 무엇을 했는지를 공개한다. 이를 통해 동생에 대한 적당히 긴장감 있는 책임감을 유지시킨다. 2012년 형동생만들기를 시작한 이래 형 동생 간의 사건 사고는 전혀 없었다.

특히, 보통의 대학생보다 의무적으로 참여해야 하는 학교 행사가 많은 육군사관학교와 경찰대학교 학생이 자칫 바쁜 학교생활에 치여 놓칠 수 있는, 동생과 소중한 인연을 만들고 싶다는 초심을 유지해준다. 밴드에 활동을 '기록'하는 행위를 통해 형은 과거를 기억하고 현재에 충실하며 미래를 계획 할 수 있는 동기를 얻는다.

형들은 학교별로 SNS를 활용하여
동생과의 만남을 일기 형식으로 기록하고 있다.

4) 교육워크숍

협회에서는 형들의 성공적인 멘토링 활동을 위한 교육 워크숍들을 진행한다. 학교별로 '멘토 더 멘토 스쿨(Mentor the Mentor School)' 교육워크숍이 열린다. 형들이 4~5월에 결연을 한 동생들을 잘 이끌 수 있도록 멘토 역량을 강화하는 교육을 진행한다. 폭력에 노출되어 있는 청소년의 사례 및 이해와 접근 방법이 주요 주제이다. '형동생만들기'를 계속해오던 기존 형들보다는 그 해 처음으로 형이 된 멘토들에게 초점을 맞춘 교육이다. 프로그램의 초심자로서 겪을 수 있는 시행착오를 최대한 줄여 동생과 더 좋은 인연으로 이어지는 것을 목적으로 한다. 지금까지 아래와 같은 주제로 강의가 이루어졌다. 서울대학교 사회복지학과 이봉주 교수의 '효과적인 Mentoring', 조혜정 청소년 심리상담사의 '청소년의 이해', 고영 작가의 '21세기 재능 기부 동향과 스펙트럼' 등 다양한 멘토들의 다양한 강의가 이루어졌다.

또한, 한 해 동안 동생과 지속해온 만난 경험에 관한 사례 나눔 발표를 진행한다. 각자가 멘토링 활동을 하면서 겪었던 고충이나 감동을 다른 형들과 공유하며 앞으로 어떻게 동생과의 관계를 더 진전시키고 성숙하게 만들 것인지 토의한다. 형동생만들기의 발전 방향을 프로그램 최전선에서 온몸으로 겪고 있는 형들과 논의하는 시간이 된다.

멘토 역량 강화를 위한 교육 워크숍

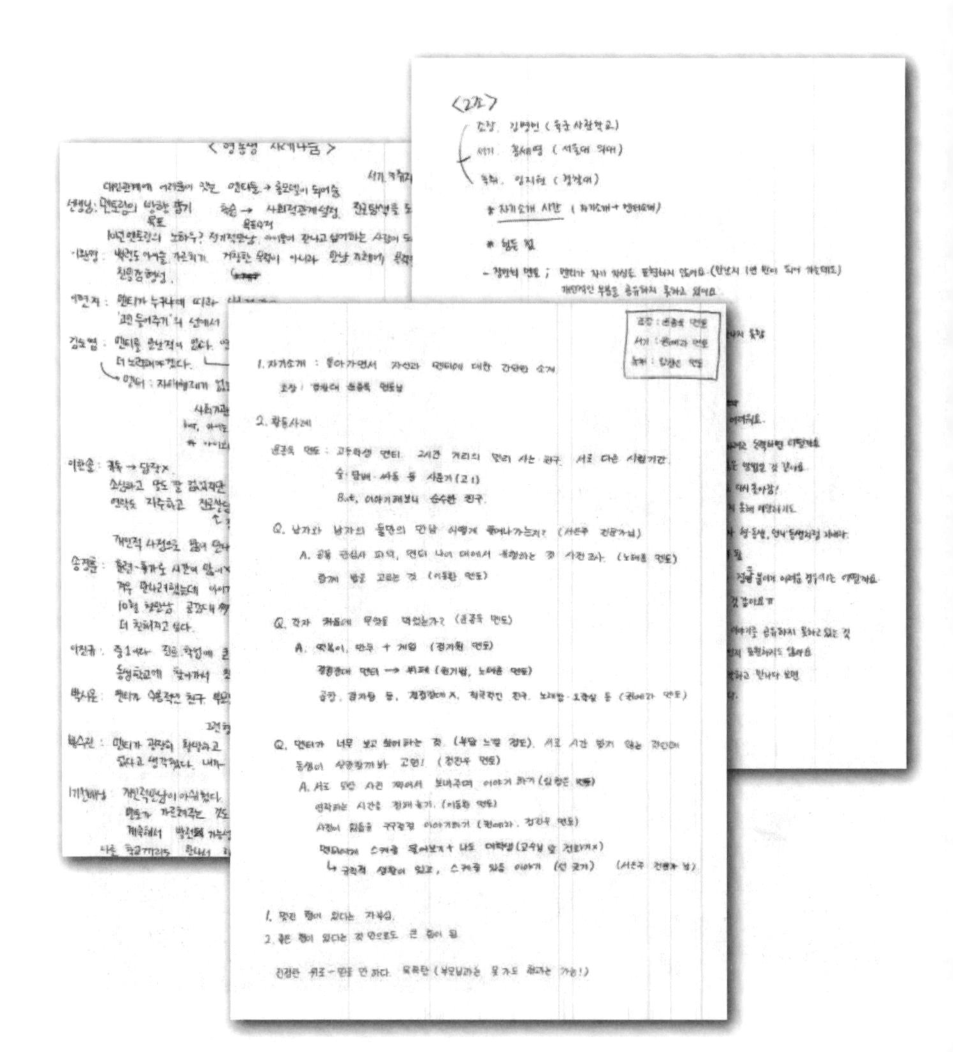

교육워크숍 중 진행한 모둠별 토론.
동생과 어떻게 더 잘 지낼 수 있을지 진지하게 고민하는 형들의 노력이 엿보인다.

5) 대표단 회의

학교별로 해당 학교 학생을 대표하여 협회와 연락하고 학교 대표단끼리 소통하며, 학교 자체적으로도 다양한 과업을 수행하는 대표단이 있다. 대표단은 자칫하면 개별적으로 흩어질 수 있는 형들을 최소한으로 조직하여 활동을 효율적으로 만든다.

각 대표단끼리는 월 1회 회의를 하는데, 이는 '형동생만들기' 활동의 지원체계를 정비하기 위한 것으로 '형, 놀아줘' 활동 시 발생하는 어려운 점이나 건 의 사항 등 다양한 주제에 관하여 의견을 나눈다.

또한, 학교 대표단 자체적으로도 월 2회 모여 회의를 진행한다. 해당 학교 학생들의 활동을 격려하고 다른 학교 형들의 '형, 놀아줘' 활동을 공유하여, 이후 더 풍부한 '형, 놀아줘' 활동을 만들어갈 방법을 모색한다.

6) '형동생만들기' 대표단 사례관리 교육 및 활동 연구

'형동생만들기' 사례관리 교육을 위해 대표단을 조별 구성하여 활동기록을 남기고 자체 모니터링 시스템을 구축한다. 문화예술을 통한 청소년 성장지원 활동을 효과를 높이기 위하여 전문상담사(사회복지사, 심리상담사, 학교복지사 등)들과 함께 사례보고와 나눔 활동을 통해 활발한 연구와 활동을 지원하고 있다.

그 외에도 협회에서는 멘토링 매뉴얼 등이 사회복지사 자격증 취득과정에 이수 프로그램으로 공급될 수 있도록 MOU 기관인 미국 Big Brothers Big Sisters와 서울대 사회복지과, 육군사관학교 심리경영학과 등과 협업하여 연중 효과분석과 연구를 수행하고 있다.

3. '형동생만들기'가 갖는 차별성
- 놀아주기의 멘토링과 청소년 탈선을 막는 대안

'형동생만들기'에서 형과 동생이 하는 활동들을 보면 같이 노는 활동들이 많다. 동생의 학업을 도와준다든지 진로 설계를 적극적으로 지원해준다든지 등의 활동이 드물다. 1박 2일로 캠핑을 떠나거나, 동생과 맛집 탐방을 간다거나, 카페에서 빙수를 먹으며 수다를 떠는 등의 활동이 대부분이다.

이는 입시 경쟁 풍토에서 일종의 지름길이나 포트폴리오의 수단으로 기능하는 이전의 멘토링과는 확연히 차이가 난다. 애초에 멘토링 활동의 목적이 다르다. 타 멘토링들의 목적이 멘티의 현재 상태에서의 우상향이라면, '형동생만들기'는 현재 상태에 대한 '지지'를 목적으로 하기 때문이다.

청소년에게 학교 현실은 성적이나 입시 경쟁으로 인한 스트레스의 장소이며, 또래 관계라는 정신적인 노동과 정체성 형성에 적지 않은 혼란을 경험하게 한다. 이러한 시기의 청소년들에게는 부정적인 경험을 줄이고 긍정적이고 진취적인 진로나 꿈에 대해 고민을 하거나 생각할 수 있는 전환점을 찾아주는 것이 중요하다.

학교 부적응 학생들에 대한 물리적이고 정서적인 지지는 그들이 이전까지 경험해보지 못했던 '공감'의 감정을 느끼게 해준다. '형동생만들기'는 이를 통한 긍정의 씨앗을 동생들에게 심어주려는 것이다. 이를 위해 가장 효과적인 것이 대학생 형 누나들이 함께 동생들과 스스럼없이 놀아주는 것이다.

놀기는 문화예술체험으로 이루어진다. 생활이 넉넉하지 않은 가정환경의 동생들은 문화를 향유하는 방법을 잘 알지 못하고, 알고 있어도 경제적 부담 때문에 이를 소비하기 어렵다. 형들은 동생들과 '건전한 여가 활동'을 함께하며 추억을 공유한다. 공유된 추억은 형과 동생 사이의 래포를 강화해주고 동생에게 형이 믿을 수 있고 기댈 수 있는 존재임을 각인시켜 준다.

형들과의 다양하고 많은 문화 활동은 동생들에게 자신감을 심어주거나 편한 만남을 통해서 동생들의 고민을 해결하는 방법을 터득하게 하고 동생들 자신들이 나아갈 방향에 대해서 찾을 수 있는 등 긍정적인 역할을 수행할 수 있다.

한편, '형동생만들기'의 멘토와 멘티의 이름이 형과 동생으로 불리는 것은 본 멘토링의 지향점이 어디에 있는지 극적으로 보여준다. 멘토와 멘티를 가족으로 묶어준다는 개념이다. 핵가족화와 더불어 다양한 사회문제에 놓여 있는 청소년들에게 가족의 가치를 돌려주자는 것이다. 이러한 접근은 한국에서는 유일하다.

외국의 경우, BBBS(Big Brothers and Big Sisters)라는 단체가 '형동생만들기'와 유사한 활동을 하고 있다. 그러나 한국적 형제 관계는 서구의 형제 관계와는 분명 구별된다. 한국 특유의 끈끈한 혈육의 정이라는 문화는 동생들이 처한 여러 어려움에 형들이 적극적으로 나설 수 있는 토대를 제공한다. 수직적 권위감과 수평적 친밀감이 잘 조화를 이룬 한국적 형제 관계는 한국 사회에서 어려움을 겪고 있는 동생들에게 효과적인 도움을 줄 수 있다.

BBBS(Big Brothers and Big Sisters)

Big Brothers Big Sisters 단체는 110여 년의 역사를 가졌으며, '모든 아이는 성공하고 행복한 삶을 누릴 수 있다'라는 신념 아래 활동을 해왔다. BBBS 단체는 지속적인 지원을 통해 전국의 성인 지원자(Bigs)와 6세부터 18세의 아동 청소년(Littles)참가자들을 맺어주고 있으며, 직접적이고 효과적인 긍정적 관계를 만들어주기 위해 노력을 해오고 있다. 2015년 사)문화예술교육협회는 BBBS와 MOU를 체결하였고 한국을 포함한 미국, 캐나다, 뉴질랜드, 호주, 버뮤다, 불가리아, 네덜란드, 오스트리아, 독일, 러시아, 폴란드, 이스라엘, 아일랜드, 카이만 군도, 트리니다드 토바고 등 16개국에 BBBS International이 설립되었다.
BBBS 사업은 다음과 같다.

첫째, 멘토 지원자에 대한 꼼꼼한 사전조사와 인터뷰를 통해서 지원자를 선별한다.
둘째, 멘티의 지역, 성향, 취미 등을 취합해서 가장 적합한 멘토와 맺어주고 있다.
셋째, 1대1 멘토링을 통해 아이들이 보다 다양한 경험을 하고 그들의 삶이 변화될 수 있는 계기를 만들기 위해 연구하고 발전시키고 있다.
넷째, 멘토와 멘티가 서로의 시간을 맞춰서 만나는 형식으로, 최소 일주일에 한 번은 만날 수 있게 하고 있다.
다섯 번째, 멘토나 멘티 둘 중에서 한 명이 그만두지 않는 한, 멘토링 관계를 유지할 수 있도록 도움을 주고 있다. BBBS 멘토링 결과 아이들이 자신감이 향상되고, 학습능력이 향상되었다. 가족들과의 관계가 회복되었으며, 46%가 불법적인 약물을 끊고, 52%가 다시 학교에 나가기 시작하였다.

결국, '형동생만들기'는 청소년들에게 긍정적인 역할 모델을 제시하고 지속 가능한 멘토링 체계를 구축하고 청소년들과 공감대와 유대감을 형성하여 청소년 문제를 해결하는 대안적 멘토링이라는 의의가 있다. 특히, 동생들에게 형들이 좋은 모델이 된다는 점은 동생이 형의 모범적인 모습을 모방하고 싶어 하는 동기를 갖게 하고, 이는 동생이 자발적으로 자신의 현재 상황을 개선하려는 노력을 하게 한다.

동생들의 담임선생님들은 '형동생만들기'에 대해 탈선의 기로에 있는 학생들이 저편으로 넘어가지 않고 긍정적인 방향으로 돌아올 수 있게 해주는 데 결정적인 역할을 한다고 말한다. 조그만 지지, 격려, 공감이 위기 청소년들에게 얼마나 큰 역할을 할 수 있는지 단적으로 보여주는 것이다.

한편으로는 아이들 주변에 롤모델로 삼을 만한 사람이 그만큼 적다는 반증이기에 안타깝기도 하다. 현재의 교육 현실에서 청소년들이 경험할 수 있는 폭은 넓지 않고, 건전하지 않은 또래 문화의 영향을 많이 받게 된다. 그렇기에 동경의 대상이 될 수 있는 형의 존재는 무척이나 크다.

동생들에 대한 여러 인터뷰를 보면, 동생은 멋있게 보이는 형이 자신에게 관심을 가져주는 것에 대해 처음에는 부담스럽게 느끼면서도 점차 자신이 존중받을 수 있는 존재임을 느끼며 자존감을 회복한다. 이윽고 형처럼 되고 싶다는 마음이 들면서 다시 제도권 교육으로 돌아오려고 스스로 마음먹는다. 이렇게 '형동생만들기'는 형제 관계의 한국적 차별성과 지속성을 이용하여 동생의 탈선을 막는 대안적 멘토링으로 기능한다.

4. 형동생만들기와 함께 걷는 사람들

"'형동생만들기'는 아이들의 자존감을 키워줍니다."

성남 보평중학교 진로진학상담교사 송화영[1]

'형동생만들기'와는 어떻게 인연을 시작하게 되셨나요?

제가 처음에는 경찰대 바로 옆에 있는 언동중학교라는 곳에 1년 있었습니다. 사)문화예술교육협회에서 이런이런 멘토링 사업을 시작해보고 싶다고 공

1) 송화영 선생님은 2012년 언동중학교에서 '형동생만들기'의 시작을 같이했다. 이후 성남 문원중학교에서 진로진학 상담교사로 5년간 꾸준히 '형동생만들기'와의 인연을 이어가고 있다.

문이 왔죠. 우리 중학교 학생들과 경찰대학교 학생들을 일대일로 엮어 준다고 하니까 괜찮을 것 같더라고요. 그래서 우리 학생들 29명으로 시작을 했어요.

그때 경찰대 학생들을 처음 봤는데, 경찰대 애들이 그렇게 멋진 남자들인지 몰랐어요. 근데 되게 범생이더라고. (웃음)

학교에 흔히 말하는 학교짱이 있었는데, 걔가 형을 만나고 굉장히 많이 바뀐 거예요. 교사로서 학생이 어떻게 심리적으로 변화를 하는지 보여요. 일단 자기 진로가 좀 더 명확해지고, 확신을 갖더라고요. 그걸 보고 '아, 이 프로그램이 뭔가 에너지가 있구나.' 하고 느꼈어요.

내가 지금도 학생들 카카오톡 프로필 사진을 보거든요. 걔네들은 내가 몰래 보는지 모르겠지? (웃음) 카톡 프로필 사진만 봐도 이게 굉장히 애들한테 긍정적인 효과가 있다는 게 보이거든요. 그래서 협회 대표님한테 말했죠. 내가 내년에 학교를 옮기는데 진로교사로 갈 거다. 근데 반드시 나한테 연락을 해 달라. 계속 이어 하겠다. 그렇게 계속하게 됐어요.

동생들이 '형동생만들기'를 하고 난 후 어떻게 달라졌나요?

이미 탈선해버린 아이들은 사실 형들이 감당하기 어려워요. 형들도 이제 20대 젊은 친구들이잖아요. 과도하게 학교폭력의 중심에 있는 애들은 어울리지 않는다는 거죠. 그것은 전문가인 교사와 상담사가 담당해야 하는 부분이에요.

다만 일반적인 학생들이나 일탈의 경계선상에 있는 아이들에겐 굉장히 효과가 좋거든요. 또 우리 학교가 남자 중학교인데, 남자애들 같은 경우에는 특히나 제복 권위에 대한 동경이나 일종의 복종 심리 같은 게 있거든요. '형'들에 대한 막연한 동경 같은 게 있잖아요. 그래서 그런지 형들의 매력에 빠진 동생들이 자기도 그런 멋있는 모습이 되었으면 좋겠다고 생각하고 자기를 되돌아보게 되더라고요.

지금 우리 학교 3학년인 애 중의 한 명은, 자기도 경찰이 되고 싶다는 거예요. 그런데 경찰대학교는 공부를 엄청 잘해야 해서 무리고, 자기는 순경을 하겠다는 거예요. 실은 이 친구가 학교폭력에 자주 연루돼요. 작년에 가장 많이 연루되었고, 형이 생긴 올해는 잦아들었죠. 아무튼, 이제 고등학교 진학을 해야 하는데, 그 친구가 "A라는 고등학교가 공부를 잘하는 아이들이 많이 가더라고요. 그래서 저도 거기 가려고요." 이렇게 말해요. 자기도 고등학교 가서는 변해보고 싶다는 거죠. 이건 굉장히 큰 성과예요.

또 형이라는 존재 자체가 애들한테 큰 백그라운드가 되거든요. 형을 만나고 와서 속없이 엄청 자랑을 하는 아이들이 있어요. (웃음) 자기가 만나는 형이 경찰대학교나 육군사관학교에 다니고, 너무 멋있고, 뭘 먹었고, 어딜 갔고…. 또 다른 애들은 그게 굉장히 부러운 거예요. 그러니까 그 아이를 함부로 건들지 못하게 되죠.

가장 큰 거는 아이들이 자존감을 얻는 거예요. 자기가 자랑스러워 할 수 있는 형이 있고, 그 형이 자신한테 관심을 주니까 그동안 잊고 있었던 자신의 소중함을 깨닫는 거죠.

일단 자존감을 회복하게 되면, 변화는 스스로 만들어요. 그동안 졸기만 했던 수업도 집중하려고 노력하고. 그러다가도 실패하는 게 더 많지만. (웃음) 그래도 그런 마음, 동기, '나도 달라질 수 있는 사람이고, 달라지고 싶다.', '나도 괜찮은 사람이구나.' 하는 생각들이 생긴다는 게 굉장히 중요하고 긍정적인 변화거든요. 그렇게 변화가 시작되는 거죠.

가장 기억에 남는 학생이 있나요?

학교폭력의 가해자이기도 했었고, 피해자이기도 했던 아이가 있었는데, 위축감이 되게 컸던 아이였어요. 또 그런데 말이 너무 많아요. 그러니까 친구들도 싫어하고…. 소통능력이 부족한 친구였어요. '형'한테 정말 고마운 게, 얘가 말하는 걸 정말 가만히 잘 들어줬어요. 속으로는 무슨 생각을 했는지 모르겠지만, 형이랑은 정말 이야기가 잘 통한다고 그러더라고요.

이야기가 중요한 이야기가 아니에요. 자기가 무슨 게임을 했는데, 거기서 뭘 어떻게 했고, 학교에서 누가 뭘 했는데 그게 웃겼다든지…. 그걸 다 들어주니까, 얘가 형에 대한 믿음이 계속 생기는 거예요. 그러면서 점점 다른 사람이랑 이야기하는 방법, 배려하는 방법을 몸으로 터득하게 되고, 조금 더 조심스러워하는 게 눈에 보입니다.

지금은 고등학교 2학년이에요. 지금도 형이랑 계속 만난다고 하더라고요. 걔가 원래 학교에서 10등을 하는 아이가 아니었는데, 고등학교 들어가서 10

등 안에도 들어갔더라고요. 아, 이제 효과가 오는구나 싶었죠. 누군가 나를 믿어주고 지지해 준다는 게 엄청나게 큰 힘이 되는 거예요. 항상 꾸준히 만나고 연락하는 게 좋은 것 같아요.

동생들이 자기 이야기를 형에게 잘 털어놓나요?

어떤 아이들에게는 학교 선생님들이 가장 좋은 엄마예요. 결손가정이 되게 많거든요. 결손가정 중에서도 아빠랑 사는 애들이 많아요. 우리 학교가 남자 중학교인데, 남자애들은 또 아버지랑 서먹서먹하잖아요. 또, 집에서 가정폭력에 시달리는 애들도 있고. 그런데 이런 애들은 친구들이랑 잘 못 어울려요. 그렇게 되면 자기의 이야기를 할 수 있는 대상이 없는 거죠.

그래서 형의 존재가 굉장히 중요해요. 아이들한테 뭔가를 안 가르쳐주고, 안 이끌어줘도 되니깐 그냥 동생의 이야기를 들어주는 역할만으로도 충분히 좋거든요. 사실 경제적으로 풍요로운 가정의 학생들도 이 소통의 부분에서는 오히려 더 결핍되어 있고 우울해하는 경우가 있어요. 요즘 청소년들이 마음 놓고 자기 속을 내비칠 수 있는 줄어든다는 게 안타까운데, 다행히도 '형동생만들기'가 그런 점에서 대안이 되는 거죠.

형은 항상 들어주는 입장이고, 동생이 주저리주저리 '나는 이런 것들을 하고 싶어요.' 하면 그 부분에 대해서 같이 이야기해주고, 이런 거예요. 얘가 뭔가를 스스로 찾아오면 이야기해주고 관련된 보충지식을 알려주고, 그럼 얘는 또 그다음 단계로 넘어갈 수 있어요.

‘형동생만들기’에서 교사의 역할은 무엇인가요?

“형들이 저랑 연락을 안 해줘요, 안 만나줘요.” 이렇게 말할 때가 있어요. 그러면 제가 말하죠. 경찰대나 육사 형들은 연락을 할 수 없는 훈련 기간이 있다 혹은 대학생들은 시험 기간에 너무 바빠서 연락이 잘 안 된다. 교사가 이런 슈퍼바이저(supervisor) 역할을 해줘야 해요. 아이들은 형들의 세계를 잘 모르니까요.

간섭과 관리는 달라요. 선생님들이 학생들을 뽑아만 주고 그 관계가 자리 잡기 전에 적절한 관리를 안 하면 흐지부지되는 경우도 있거든요. 저는 가끔씩 “형, 만났어?” 이런 식으로 툭 치듯이 물어봐요. 너무 과도하게 하면 애들은 간섭이라고 생각하니까. “형 만나면 멋진 사진 찍은 거 나도 한번 보여줘~.” 이런 식으로 물어보면 맛있는 거 먹었다고 사진 보여주고 자랑하고 그래요.

교사가 간섭은 하지 말되, 꾸준히 관심을 가지고 있어야 한다는 것, 그게 중요한 것 같아요.

'형동생만들기'에 바라는 점이 있나요?

협회에서 중간자 역할을 하면서 굉장히 유기적으로 움직여 줬으면 좋겠어요. 이게 분명히 굉장히 매력적이고 앞으로가 훨씬 기대되는 사업인데, 실무적인 체계가 아쉽거든요. 예를 들어, 현장에 있는 학교 선생님들에 대한 관리라든지…. 그런데 이걸 협회 탓을 할 수가 없는 게 결국 본질은 재정 문제거든요. 항상 돈이 문제죠. (웃음) 후원금도 많이 들어오고, '형동생만들기'를 전담하는 인원도 늘어나서 형과 동생에 대한 지원이 더 늘어나야겠죠.

마지막으로 형들에게 하고 싶은 말이 있나요?

항상 동생을 위해서 노력하는 형들에게 고마움을 느껴요. 형들도 자기 진로에 고민이 많은 젊은 청춘들이잖아요. 그런데도 동생들에 대해 책임감을 가지고 관심을 두고 가족이 되어주려고 하는 게 참 고맙죠.

그리고 동생들이 겉으로는 무뚝뚝해 보여도 사실은 형에 대해 굉장히 많이 생각한다는 걸 알아줬으면 좋겠어요. 그러니까 형들이 '언제까진 바빠서 연락이 안 될 수 있으니까 언제 다시 연락할게.'라고 아이들에게 말해줬으면 좋겠어요.

앞으로 '형동생만들기'가 더 커지고, 이 좋은 프로그램에 더 많은 아이들이 참여하려면 형들의 역할이 중요하다고 생각해요. 결국, 이건 형과 동생의 이야기잖아요. 앞으로도 쭉 소중한 인연을 잘 간직하고 이어가길 바랄게요.

파이팅!

“형과의 만남이 동생의 궤도를 살짝 틀어줍니다”

서울대학교 사회복지학과 교수 이봉주

어떻게 ‘형동생만들기’와 인연을 맺게 되셨나요?

서울대학교 학부 과정 교과목 중에서 1학점짜리 사회봉사가 있어요. 그 교과목을 만들 때 제가 관여를 했었습니다. ‘대학에 다니는 학생이라면 우리 사회에 공헌하고 기여하는 역량과 자질을 길러야 한다’는 생각이 있었거든요. 특히, 서울대학교라면 ‘사회적 책무성을 가진 리더를 길러야 한다.’고 생각하고 사회봉사 교과목을 시작한 거죠. 실제로도 사회봉사 수업 중에 멘토링 프로그램이 많아요. 그러던 와중에 사)문화예술교육협회와 연결이 됐습니다. 서울대 프로그램은 아니지만, 육군사관학교 생도나 경찰대학교 학생 모두 사회적 책무성을 가지고 있다는 점에서 비슷하다고 느꼈습니다. 이후 형으로서 활동하는 멘토들에게 관련 교육을 해주고 있습니다.

그리고 사회복지학은 사회 내에서 재화, 자원의 배분을 어떻게 공평하게 할 수 있을까에 대한 문제의식을 제기하고, 환경적으로 취약한 경우 그 차이를 어떻게 극복할 수 있을지 고민하는 학문입니다. '형동생만들기'는 주어진 환경에서 롤모델을 만나기 힘든 학생에게 그 기회를 주는 거죠. 그것도 일대일의 친밀한 관계로요. 프로그램의 취지가 사회복지의 관심사와도 연결이 되었고 흥미가 생겼던 것 같습니다.

형들에게 어떤 내용을 강의하셨나요?

'형동생만들기'는 비전문가 학생 간의 멘토링 프로그램이에요. 멘토링을 진행하다 보면 반드시 멘토 학생이 당황하게 되는 상황이 생기게 됩니다. 이때 멘토 학생이 덜 당황할 수 있도록 어떤 마음가짐을 가져야 하는지, 자신의 어떤 역할을 수행해야 하는지 등을 강의했습니다. 또한, 소그룹 모임을 통해 '형동생만들기'를 어떻게 잘 이끌어갈 수 있을지 컨설팅도 했습니다.

형들에게 항상 강조합니다. 멘티가 되는 동생들에게 도움이 되어야 한다는 것이 대전제이지만, 형들 또한 많이 얻어가야 한다고요. 이건 돈 받고 하는 일이 아니잖아요. 자신의 소중한 시간을 쓰면서 뭘 얻어가야 하는지 생각해보고, 동생들과 친해지면서 사람을 대하는 방법을 익히는 경험들을 얻어갔으면 좋겠어요.

형들은 어떤 질문을 많이 하나요?

동생의 어떤 행동에 대해 어떤 피드백을 해줘야 하는지를 형들이 많이 고민합니다. 그리고 동생과 관계가 안 좋을 때 어떻게 해결해야 되는지 등, '형동생만들기' 활동을 하면서 생기는 애로사항에 대해서 이야기를 많이 나눴습니다. 사실 동생이 원하는 것을 모두 들어주어야 좋은 형은 아니거든요. 형들의 고민을 종합해보면 어느 선까지 'No'를 하고, 어느 선까지 'Yes'를 해야 하는가에 대한 문제였던 것 같아요.

저는 '형동생만들기'가 형과 동생의 프레임을 가지고 있지만, 멘토와 멘티라는 틀도 여전히 유효하다고 봅니다. 완전히 비공식적인 관계가 아니라는 겁니다. 그러니까 어느 수준까지는 공식적인 관계로 남아있어야지 사적인 관계로 가버리면 곤란해집니다. 어떻게 그 경계를 잘 유지하고 건강한 관계로 나아갈 것인가가 중요합니다. 동생의 이야기를 잘 들어주고, 이해해주고, 공감하는 것은 정말 중요하지만, 필요할 때는 'No'를 외칠 수 있어야 한다고 생각합니다.

무조건 가까워진다는 게 자칫 잘못하면 곤란해질 수 있어요. 물론 '형동생만들기'의 취지를 볼 때 수직적으로 도식적인 관계가 되어서는 안 되지만, 그래도 이 관계가 목적이 있는 관계라는 걸 형이 잊어서는 안 됩니다. 동생이 형을 계속 우러러보고 따라갈 수 있는 관계가 되어야 하는 거죠.

형과 동생의 관계가 일회성으로 끝나지 않고 지속적으로 유지되기 위해서는 어떻게 해야 할까요?

'형'의 경우는 '신뢰'를 지키는 게 가장 중요하다고 봐요. 동생에게 '이 사람은 믿어도 괜찮겠다'라는 믿음을 주는 게 필요합니다. 사람이 신뢰 관계가 형성되어야 그다음 관계로 넘어갈 수 있기 때문이죠. 그리고 대화하는 방법이 중요합니다. 많은 형들이 착각하는 게 막연히 동생과 많은 이야기를 하면 된다고 생각하는 겁니다. 동생과 대화를 막상 시작해보면 자신이 생각하던 것과 다름을 알게 됩니다. 대화는 일종의 기술이죠. 특히 잘 들어주기예요. 남의 얘기를 진심으로 잘 들어주는가, 이게 정말 중요합니다. 잘 들어주고 약속을 지키는 것, 그게 핵심 비결이겠네요.

그리고 저는 형들에게 '형동생만들기'가 봉사이기 때문에 자신이 아낌없이 다 주는 활동이라고 생각하지 말라고 강조합니다. 다시 강조하는 말이지만, 본인들이 얻어갈 수 있는 게 무엇인지 생각해보라고 하죠. 물론, 이 활동은 봉사활동입니다. 하지만 봉사라는 것은 받는 사람 못지않게 주는 사람 역시 많은 것을 얻어가죠. 형과 동생의 관계를 맺고 인연을 이어가다 보면 형들은 자신이 준 것보다 받은 게 많다고 느끼는 경우가 훨씬 더 많아요.

형들이 자신이 시혜(施惠)의 주체라고 생각하게 되면 관계가 오래가기 힘듭니다. '나는 바쁘고, 과자라도 하나 사주려면 돈도 들고, 피곤하지만 나는 줘야 하는 사람이기 때문에 준다.'라고 생각하면 절대로 오래 만날 수가 없어요. 자신이 받는 것에 대해서도 감사해야 관계는 성립됩니다.

경제적 보상이나 봉사시간 인정 같은 게 아니라, 사실은 동생이 자신으로 인해 변할 때 느끼는 뿌듯함과 보람이 큰 보상이죠. 그리고 형들은 그게 보상이라는 것을 느껴야 해요. 형들은 자신이 무엇을 동생에게 받아왔는지 생각해봐야 하고, 그래야 그다음 만남의 동기로 이어집니다. 사람은 이기적인 동물이라 막 퍼주기만은 못해요. 즉, 쌍방의 관계로 변환이 되어야 지속이 된다는 겁니다. 연애 관계라고 해야 할까요? (웃음)

의지를 잃어버린 동생들에게 어떻게 다시 의지를 심어줄 수 있을까요?

참 이게 어려운 문제입니다. 그런 친구들일수록 이런 프로그램이 필요한데, 정작 성격 때문에 프로그램에 잘 참여를 안 하려고 하기 때문입니다. 사실 여기에는 왕도가 없어요. 결국은 인내심을 가지고 접근하는 수밖에 없습니다. 그 친구들이 의지나 의욕이 없는 이유는, 그 이전에 실패의 경험이 많기 때문입니다. 실패의 경험에서 오는 도전에 대한 두려움이 크기 때문이지요. 제가 아까 형들이 약속을 지키고 신뢰를 쌓는 게 중요하다고 했는데요, 이런 동생들일수록 약속을 배반당한 경험이 많거든요. 동생이 처한 환경이 동생의 성향에 강하게 영향을 줬기 때문에, 우리가 그것을 되돌리기 위해선 훨씬 더 큰 노력과 인내심이 필요합니다.

'형동생만들기'가 더 성장하기 위해서는 어떻게 해야 할까요?

멘토링 활동에는 멘토들에 대한 슈퍼비전(Supervision)이 중요하거든요. 형들의 힘으로 해결이 안 되는 문제가 있다면 그 문제에 대해 조언을 들을 수 있는 시스템이 중요합니다. 이것은 '형동생만들기'가 지속해서 발전하고 자기투자의 선순환을 이끌어낼 수 있는 방법이기도 합니다. '형동생만들기'가 자원봉사 차원으로 이루어지고, '형'들의 열정과 의지에 기대야 하는 구조이기 때문에 형들에 대한 교육이 정말 중요합니다. 물론, 지금도 여러 방면으로 멘토 교육이 이루어지고 있습니다만, 지금 150여 명의 형들을 커버하기 위해서는 멘토 교육이 양적으로나 질적으로나 더 커져야 한다고 봐요. 형들이 흔들리지 않아야 동생들도 흔들리지 않을 수 있습니다.

그리고 어떤 사업이든지, 봉사든지 지속 가능하게 만드는 게 중요합니다. 이상적인 것은, 형 하던 친구들이 프로그램을 위한 기부나 재능 기부를 하고, 동생 하던 친구들이 또 형이 되는 겁니다. 이것은 형들이 자발적으로 나서야 하는 부분이죠.

유사한 사례로, 삼성 꿈 장학재단에서 장학금을 지원하는 프로그램이 있습니다. 중·고등학교 때도 장학금을 받고, 대학생이 되어서도 장학금을 받아요. 그렇게 서울대학교에 입학한 장학생들이 신입생이 들어오면 자발적으로 멘토링을 해줍니다. 자기가 받은 혜택을 후배들에게 다시 베푸는 것이죠. 자발적으로 일어나니까 자생적으로 뿌리를 내릴 수 있는 겁니다.

'형동생만들기'가 동생들에게 실제로 어떤 도움이 되나요?

분명 동생들 중에는 전문적인 도움을 필요로 하는 친구들도 있습니다. 형들도 전문가가 아니니까, 어느 정도 감당할 수 있는 선을 넘어선 동생들은 기관이나 전문가의 손길에 맡겨야겠죠. 하지만 대다수 동생에게는 '형동생만들기'에서 형들과의 인연을 맺는다는 게 큰 도움이 됩니다.

우선, 경찰대·육사·서울대·의내 이런 형들과 만나게 되면 아이들에게 적어도 노력하면 희망이 있다는 마음을 심어줄 수 있어요. 형들도 '지금 열심히 하면 나중에 무슨 대학에 가서 무슨 일을 할 수 있겠다.'라고 생각하면서 중·고등학교 힘든 시기를 참았잖아요. 하지만 동생들 중 많은 수는 이렇게 미래에 대한 기대를 해볼 여유조차 없었던 친구들이 많거든요. 더구나 주변에서 형들처럼 성공한 사람을 본 적도 없는 겁니다. 특히, 학교라는 울타리 안에 갇혀 있는 청소년들에게는 선생님의 "넌 가능성이 있으니 열심히 해."라는 말보다는, 형과 만남을 통해서 경험적으로 느낄 수 있게 한다는 게 큰 장점이라고 생각합니다.

그리고 청소년들은 아주 작은 긍정적인 계기로 바뀔 수 있습니다. 정말 거창하게 아니라, 소중한 사람과 만남이라는 게 그들에게 큰 계기가 될 수 있어요. 형들과 만남을 통해서 위기에 처해 있는 동생들의 궤도(trajectory)를 살짝 틀어줄 수 있다면 그 자체로도 어마어마하게 중요한 거죠. 형이 동생에게 어떤 계기를 억지로 만들어야 한다는 게 아니라, 동생이 형을 만나면서 계기를 스스로 얻어가는 거죠.

"Mattering의 경험이 중요하죠."

홍익심리상담연구소 심리상담사 조혜정

'형동생만들기' 와는 어떻게 인연을 맺게 되셨나요?

제가 원래부터 대표님과 알던 사이는 아니었어요. 제가 강의하던 학교에 연락하셔서 우연히 인연이 닿게 됐죠. 제가 상담소에 있다 보니 이런저런 기관에 강의를 많이 나가게 됩니다. 처음 형들 교육하러 갔을 때는 다른 기관에 출강한 것처럼 별 감흥이 없었어요. '이런 프로그램이 있구나.' 하면서 내가 평소에 하던 강의를 했어요. 보통 이런 행사를 한번 하고 나면, 프로그램을 만들어서 떠넘기거나 기관에서 하게 내버려 두는 경우가 많아요.

그런데 협회 대표님이 페이스북에 '형동생만들기' 활동을 몇 년간 꾸준하게 올리시더라고요. 그런 모습을 보면서 형동생만들기 프로그램을 신뢰하게 되었어요. 프로그램이 책임감 있게 운영되는 것 같아서, '형동생만들기'와 관련된 강의나 교육 요청에는 흔쾌히 나가죠. 이제는 한 5년 정도 된 것 같아요.

'청소년의 발달 특징', '청소년과 어떻게 대화해야 하는가' 등이 주된 내용이구요. '청소년 상담의 기법'에 대해서 교육을 했네요. '멘토가 왜 중요한가', '청소년에게 멘토가 어떤 역할을 할 수 있나', 그런 얘기도 했던 것 같아요.

멘토 교육이 왜 중요한가요?

이 활동이 간식비 주고 "그냥 애들 만나."라고 한다고 되는 건 아니잖아요? 소속된 학교가 모든 것을 말해주는 것은 절대 아닙니다. 하지만 어느 정도는, 소위 엘리트 집단에 소속된 학생이 형의 자격을 얻는 것도 중요하다고 생각해요. 기본적으로 높은 성적을 낸다는 사실은 자기 조절 능력이 있다는 방증이고 후광효과를 만들어 낼 수 있기 때문이죠. 무엇보다 자기 통제력이 있다는 것을 보여주죠.

한편, 그런 학생들이 나름의 역량을 갖췄지만, 자신과 전혀 다른 환경에서 자란 아이를 만나는 일은 정말 어려운 일이거든요. 마음만 가지고, 좋은 의도만 가지고 할 수 있는 프로그램은 아니에요. 그래서 어느 정도는 전문적인 교육을 이수해야 한다는 거죠.

강의 자체는 형들이 잘 흡수해요. 청소년을 만나봤기 때문이죠. 물론, 형이 몇 시간 교육받는다고 역량이 획기적으로 늘어나진 않아요. 다만, '아, 내가 부딪혔던 애로 사항이 그 부분인데, 저런 식으로 이해할 수 있겠구나.', '아, 내가 이런 건 이렇게 도움받으면 되겠구나.' 하고 알 수 있어요. 다만, 그것을 실천하는 데 시간이 걸리죠. 많은 시행착오가 필요할 거예요. 알기만 한다고 되는 건 아니죠. 다만, 알면 의식하고 '아. 이렇게 가야 되는구나.' 방향이 생기게 되죠.

교육을 할 때 아쉬운 점이 있나요?

형들이 '이렇게 해야 된다'는 꾸준한 경험과 지침을 제공하지 못하는 부분은 아쉬웠어요. 예를 들면, '집단상담'처럼 형들끼리 고민하고 이야기를 나누면서 상담이라는 행위 자체를 경험해보는 것, 정서적 공감이 어떻게 힘을 발휘하는지 경험해보는 것이 중요하다고 생각해요. 공감이 굉장히 치료적이거든요.

그런데 공감은, 공감을 받아본 사람만이 할 수 있어요. 공감을 받아보면 엄청난 파워를 갖게 된다는 사실을 알게 돼요. 그래서 그런 경험을 할 수 있는 장을 형들에게 많이 제공하는 게 중요합니다.

가능하면 형들이 학교 상담소를 가봤으면 좋겠어요. 가서 심리검사도 한번 받아보고 하세요. 상담소는 무슨 문제가 있어야만 가는 곳이 아니니까. 형들이 상담에 대해서, 공감에 대해서 적극적으로 느껴봤으면 좋겠어요.

'형동생만들기'만의 특별한 점이 있다면?

사실 '형동생만들기'는 동생들에게는 딴 세상 사람처럼 보이는 명문대 학생의 장점을 십분 살린 프로그램이에요. 그런데 형들에겐 이게 오히려 부담으로 작용하기도 하지만, 열악하고 사회적으로 기회가 차단된 청소년들에게는 그런 게 필요해요. '아, 딴 세상에 있는 사람들이라고 생각했는데 진짜 인간으로 있고, 내 옆에 형으로서 있구나.'라는 깨달음을 주는 것 자체가 중요하다고 생각합니다.

중·고등학교에 가면 대부분 SKY 출신 선생님 한두 명은 꼭 있어요. 하지만 선생님은 아이들에게 고양감을 줄 수 없어요. 그들은 '교사'이기 때문이죠. 그런데 자신과 밥을 먹으며 같이 시간을 보내는 형들이 이른바 육사, 경찰대, 서울대라면 아이들한테 상당한 고양감을 주는 거죠. 저는 아이들한테 이게 굉장히 현실적으로 좋은 경험이라고 생각합니다. 희망이 되게 중요하거든요.

예를 들어서, 누에고치가 고치를 까고 나비가 되어야 하잖아요? 근데 그 과정은 힘들어요. 자신이 나비가 될 거라는 사실을 알면, 그러면 누에고치 안에 갇혀 있는 사실이 하나도 비참하지 않아요. 나비가 될 거라는 확신이 있으면, 노력을 포기하지 않아요. 그게 희망이에요. 그래서 좋은 사람들을 만나는 게 중요해요.

형을 만나기 전까지 동생한테는 그런 모델이 없는 거예요. 동생을 실제로 만나서 뭐가 되고 싶으냐고 물어보면 직업 자체를 생각하지 못해요. 보통 우리는 롤모델을 머릿속에 그려가면서 성장합니다. 일반적으로 주위에 널려있는 모델들을 보면서 롤모델을 선택하죠. 그런데 동생은 그렇지 않죠. 어떤 아이한테는 자연스러운 것이 동생한테는 자연스럽지 않은 겁니다. 그런데 형은 그런 좁은 우물 안에서 벗어나게 하는 그런 역할을 하죠.

이때 모델이 롤모델로 발전하려면 유사성이 필요합니다. 유사성이 높을수록 롤모델이 되기 쉬워요. 그런 의미에서 연예인은 롤모델이 될 수 없어요. 우리와 유사성이 없거든요. 딴 세상 사람이에요. 그래서 외국인보다는 한국인, 40대보다는 20대가 롤모델이 동생들한테 되기 쉬운 겁니다. 그래서 형들이 더 힘이 있는 거예요.

'형'들의 사례를 읽어보면 다들 비슷한 이야기가 나옵니다. 왜 그럴까요?

맞아요. 언뜻 보면 전부 비슷비슷해요. 그런데 저는 그게 당연하다고 생각합니다. 예를 들면, 형이 된 지 1년밖에 되지 않은 학생들끼리만 모아놓으면 그래요. 1년 차 형이 경험하는 건 대부분 이런 이야기일 거예요. 아이가 처음엔 나를 어려워했는데, 어떻게 래포가 형성되고 나니까 관계가 친밀해지기 시작했다. 그런데 2년, 3년 그 이상을 만난 형들은 1년 차 형과는 이슈가 전혀 다를 거예요. 수많은 에세이가 비슷한 글처럼 느껴지는 이유는 단계가 같기 때문이에요. 그런 의미에서 이건 굉장히 과학이죠. 메커니즘, 프로세스가 있어요. 오히려 이게 신뢰감을 줄 수 있는 시스템임을 반증하죠.

형과 동생이 만나면 주로 밥을 같이 먹습니다. 식사를 함께한다는 게 심리학적으로 특별한 의미가 있을까요?

기본적으로 밥을 같이 먹는 거는 심리 이전에 인간의 삶에서 중요하죠. 식구라는 말도 같은 맥락에서 볼 수 있고요. 다른 이야기지만, 대학상담소에 앉아있으면 오는 학생 중 열에 일곱은 식구들과 집밥을 안 먹어요. 지금 우리 사회가 그래요. 아버지는 아침 일찍 출근해서 밤늦게 들어오고, 애들은 밤늦게까지 학교에 있으니 밖에서 밥을 먹죠.

각설하고 밥 먹는 거 자체가 어쨌든 유대의 핵심인 건 확실해요. 밥 먹는 사이는 굉장히 가까운 사이인 거예요. 밥 먹는다는 것은 기본적인 정서를 나누면서 친근함을 갖겠다는 의지가 있는 겁니다.

상담자는 원래 내담자랑 밥을 같이 먹지 못합니다. 상담 관계는 굉장히 전문적인 관계가 되어야 하거든요. 이게 사적인 관계가 되기 시작하면 안 돼요. 내담자랑 내담자의 세계에 상담자가 동참하는 거지, 친해지는 게 아니거든요. 하지만 형동생은 상담 관계가 아니라 진짜 형, 동생이기 때문에 개인적으로 친해지는 게 중요합니다. 진짜 괜찮은 스테이크 집에 가서 진짜 동생과 함께 품위 있는 걸 경험해보는 거예요. '좋은 음식'이라는 경험과 '형'이라는 관계가 어우러질 때 나오는 시너지 효과는 클 겁니다.

형동생의 관계가 잘 안 풀린다면 그것은 형의 책임이 클까요, 아니면 동생이 더 클까요?

제가 상담할 때도 열 명이 오면 전부 다 성공적인 상담으로 이어지진 않습니다. 세 명은 끊겨요. 저한테 무능하다고 하면 할 말은 없는데, (웃음) 예수님도 부처님도 못 고치는 사람이 있어요. 형이 열심히 해도, 아무리 의도가 좋아도 형의 능력을 넘어선다든지, 어떤 이유에서건 관계가 잘 안 될 가능성은 있어요. 대신 안 됐을 때 분석은 해야 하겠죠. '아, 이건 이렇게 했으면 좀 더 좋았을 것 같다.'

형이 의욕만 넘쳐서 동생한테 위협적으로 느껴졌을 수도 있고요, 동생에게 전혀 동기가 없어서 그래서 그랬을 수도 있고요. 그건 사례마다 달라요. 십 중에 삼 정도는 우리가 통제할 수 없는 그런 일이 있죠. 절대 백점은 없어요. 그게 제 생각이에요.

형이나 동생들에게 해주고 싶은 말이 있나요?

청소년 발달단계의 집단을 위험집단이라 그래요. 다른 뜻이 아니라 발달하는 데 위험요소를 가지고 있다는 거예요. 그중에 제일 대표적인 위험요소는 가난입니다. 가난은 개인이 성장하는 데 엄청난 장애가 돼요. 가족 구성원들이 스트레스를 받고 여유가 없어지고, 거기서 갈등이 일어나고 폭력이 일어나는 거예요. 그래서 개인이 긍정적인 경험을 갖는 게 어려워지고 자존감에 타격을 받아요. 그렇게 학교에 가면 심리적이든, 경제적이든 출발이 다르기 때문에 좋은 피드백이 나올 수가 없습니다. 학생은 계속 학교가 자신을 거부하는 느낌을 받게 되고 그렇게 악순환이 되는 거예요.

하지만 위험요소가 많은 사람 중에서도 잘 적응하는 사람들이 있어요. 우리는 그것을 탄력성이라고 말해요. 그들을 분석해보면 누군가 의지할 만한 사람이 있다는 공통점이 나옵니다. 나한테 관심이 있고 지켜주는 사람이 있으면 충분히 탄력성을 획득할 수 있다는 거죠.

매터링(mattering)이라고 해요. Do I matter? 내가 좀 먹히나? 이거거든요. 좋은 평가를 받고 사회적으로 적응을 잘한 애들은 매터링을 항상 경험하죠. 자신이 잘났다는 것을 알기 때문에 자신감이 생기고 그게 선순환이 돼요.

형들이 해줄 일이 그겁니다. 동생을 특별한 사람으로 만들어주는 것. 나에게 관심 있는 사람이 있으면 존재감이 생기기 마련입니다. "내가 먹히는구나, 최소한 이 인간한테는 먹히는구나, 나를 신경 쓰는 사람이 있구나."라는 생각을 할 수 있죠. 이건 굉장한 생각이고 굉장히 힘이 있어요. 형들이 꼭 그걸 인지했으면 좋겠습니다.

동생들에게 할 말은 없어요. 너희들은 아무 잘못이 없다는 거? "한번 기회를 줘 봐. 형들한테~. 밑져야 본전이지 뭐~." 그 정도. (웃음)

"사람의 마음을 여는 경험이 소중합니다"

前 육군사관학교 리더십센터 개발과장

육군사관학교 심리경영학과 중령 임유신

육군사관학교 리더십센터는 무슨 일을 하나요?

리더십센터(Leadership Center)는 육사 생도들의 리더십을 배양하고 증진시키기 위한 기관입니다. 여러 프로그램을 통해서 생도들의 리더십을 진단, 평가, 피드백해주면서 앞으로 육군의 초석이 될 장교로서 가져야 할 자질을 개발하고 있어요. 그뿐만 아니라 관련 교육, 상담 등을 하면서 일반 대학으로 치면 학생상담심리소 같은 역할도 하고 있습니다.

'형동생만들기'와는 어떻게 인연을 맺게 되셨나요?

리더십센터에는 센터장님이 계시고, 그 밑에 개발과가 있습니다. 저는 2013년부터 2년 정도 개발과장을 맡았죠. 13년 2학기쯤에 사)문화예술교육협회에서 김복녀 대표님이 센터로 찾아오셨습니다. '형동생만들기'를 소개하면서 이러이러한 프로그램을 경찰대에서 하고 있는데 육군사관학교에서도 참여해주면 좋겠다는 거였죠.

사실 처음에는 반신반의했어요. 한참 학교도 바쁠 때였고, 갑자기 모르는 단체에서 오니까 뭔가 싫었죠. 조금 알아보니까 가족의 온기, 특히 형, 누나의 따스함이 필요한 청소년들을 대상으로 일대일 멘토링을 해주는 프로그램이더라고요. 마침, 저희는 생도들에 대한 인성교육, 인성개발이 필요하다는 요구가 내부에서 나오던 참이었습니다. 이런 상황이 잘 들어맞았던 거죠. 경찰대학교 학생들만으로는 '형'들이 부족하니, 서울대학교 의과대학과 함께 우리 육군사관학교도 참여하게 되었습니다.

경찰대학교와 서울대학교 의과대학과는 다르게, 육군사관학교에서는 리더십센터를 주축으로 학교 차원에서 '형동생만들기'를 지원하고 있습니다. 무슨 특별한 이유가 있나요?

기본적으로는 군조직의 특성이라고 할 수 있습니다. 경찰대학교도 비교적 개인의 활동이 자유로워서 자체적인 대표단으로 운영이 되는 것이죠. 하지만 우리는 군대입니다. 물론, 육군사관학교에도 생도들 스스로 운영하는 자치지휘근무체제라고 하는 학생회 비슷한 것이 있습니다. 하지만 군조직의 특성상 개인에 대한 통제와 규율이 강조될 수밖에 없는 부분이죠. 특히, '형동생만들기'는 청소년을 대상으로 하는 활동이고 외부활동이기 때문에 학교 차원에서 관리하게 되었습니다.

센터에서는 생도들 중에서 멘토에 적합한 인원을 선발하고, '형동생 결연식'과 각종 멘토 교육 주최도 하고, 이를 위한 장소도 제공합니다. '형동생만들기'를 통해 생도들도 얻어가는 것이 많기 때문에 인성교육의 일환으로서 적극적으로 지원하는 셈입니다.

사실 '형동생만들기'가 인기가 많습니다. 이게 지속적으로 좋은 효과가 나오니까 학교에서도 점점 지원을 늘리고도 있습니다. 처음에는 64명으로 시작을 했는데, 지금은 거의 두 배가 넘었죠. 육사 전교생이 1200명 정도 되는데 전체의 10%가 활동을 하는 셈이죠. 다들 하고 싶어 하니까 경쟁이 심해서 선발을 하게 되는데, 학교 측에서 그 관리를 하게 되니까 좋은 자질을 가진 생도들을 멘토로 선발할 수 있다는 것도 좋은 점이죠.

'형동생만들기'가 생도들에게 어떤 긍정적인 영향을 주었나요?

이해력이 더 좋아졌다고 좀 볼 수 있어요. 동생 또래 애들에 대한 이해가 좋아졌습니다. 특히, 동생들 대부분이 어려운 환경 속에 있는 경우가 많습니다. 그 학생과 인연을 맺고 이야기를 나누면서 지금까지는 몰랐던 삶의 이면을 만나게 되는 거죠.

형과 동생들이 1박 2일로 여행을 가기도 합니다. 자기들끼리 여행계획을 짜가지고 숙박도 예약하고 주말에 가거든요. 어느 날 토요일 저녁 갑자기 열두 시에 전화가 왔어요. 저는 사고가 난 줄 알고 놀랐었죠. 생도한테 전화가 왔는데, '동생'이 막 운다는 거예요. 알고 보니까 동생이 가정폭력을 심하게 겪고 있었는데, 이것을 누구한테 말도 못 하고 있다가, 형과 이제 친해지면서 감정이 북받친 거죠. 그런데 형도 어떻게 해야 할지를 모르니까 당황했던 거예요. 이후로는 학생을 잘 다독이고 학교 선생님을 통해 전문적인 절차를 밟았습니다.

이제 그런 경험들이 쌓이면 생도들이 깨닫게 되는 것들이 많습니다. 청소년들이 겪는 어려움 가운데 이러이러한 가정적 배경이 있을 수 있구나. 그러면 나중에 자신이 소대장, 중대장을 하면서 부대를 지휘할 때, 더 병사들을 잘 보살필 수 있다고 봅니다. 군대에는 다양한 배경을 가지고 들어온 사람들이 많잖아요. 자신과는 다른 배경에서 자란, 특히 어려운 상황에 처한 사람에 대한 이해와 경험이 생도 때부터 이루어지는 게 굉장히 의미가 크죠. 막상 임관을 하고 사람을 대하면 의무감과 책임감이 앞서지만, 생도 때는 그런 의무감에서 비교적 자유롭게 아이들을 만날 수 있습니다. 이 경험들이 쌓여서 나중에는 더 자연스럽게 병사들의 말을 들어줄 수 있고 효과도 크다는 겁니다.

지금 학생들 자료, 여러 데이터를 모아서 학술적인 연구를 하려 하고 있어요. 아직 한국에서는 생소한 멘토링이니까, 왜 '형동생만들기'가 특별한지에 대한 근거들을 명확히 할 필요가 있어요. 한번은 이 활동이 정말로 생도들의 리더십을 증진하는지 혹은 멘토링을 통해서 인성 함양이 되는지 조사한 적이 있습니다. 개인별로 설문조사를 통해 생도들의 변화를 살펴보니 긍정적인 결과들이 많더라고요. 멘토링을 잘할 수 있는지에 대한 멘토링 능력, 자신이 자신을 얼마나 변화시키는지에 대한 셀프 리더십, 정서 지능인 EQ 등을 비교 분석해봤죠. '형동생만들기'를 하고 있는 생도와 하지 않고 있는 생도들을 대조해보니, 하고 있는 생도들에게 훨씬 긍정적인 결과가 나왔습니다. 이렇게 학문적, 이론적 근거들이 모여서 앞으로 '형동생만들기' 활동이 더 커지길 바랍니다.

'형동생만들기'만의 매력이 뭐라고 생각하시나요?

멘토도 그렇고 멘티도 그렇고 양쪽 둘 다 상생한다는 점이 마음에 듭니다. '동생'들이 의욕을 갖고 학교생활을 더 잘하게 변화하는 게 중요하지만, 또 생도들이 동생들에게 베풀면서 뭔가를 깨닫고 성장하는 것도 중요하거든요. 서로에게 유익하다는 점이 큰 매력이죠.

형들은 멘토링에 대한 대단한 이론을 가지고 있지도 않고, 전문가도 아닙니다. 그렇지만 동생과 만나서 들어주고 다독거려주기만 해도 동생에겐 효과가 있고, 생도들에겐 그런 경험이 참 소중히게 다가올 것이라는 겁니다. 사람의 마음을 여는 경험을 할 수 있다는 게 지식을 많이 쌓고 스펙을 많이 늘리는 것보다 훨씬 중요한 것 같아요.

'형동생만들기'에 참여하는 형·언니들에게 당부하고 싶으신 말이 있나요?

마지못해서 하기보다는 혹은 해야 한다는 의식보다는, 정말 자신이 한 명의 동생을 사랑했으면 좋겠습니다. 좀 더 인내하고 좀 더 참으면서 동생을 기다려줘야 합니다. 그것이 자기희생이라고 생각해요. 동생들의 순수함을 되찾아주기 위한 형의 자기희생.

정말 희생할 줄 아는 사람이, 그리고 결국은 희생하는 사람이 오히려 더 많은 것들을 받는다는 점을 형들이 느꼈으면 좋겠어요. 특히, 육사 생도 같은 경우는 많은 생활의 많은 부분을 무상으로 받는단 말이에요. 그렇다면 받은 만큼 다시 사회에 봉사로 돌려주는 것이 당연한 것이고, '준다'는 경험을 하면 할수록 받는 사람이 뭐가 필요한지 더 잘 알 수 있거든요.

준비된 멘티와 한없이 줄 수 있는 멘토. 이렇게 된다면 이상적이지만 현실은 그렇지 않거든요. 특히 육사 생도들에게는 밖에 나간다는 것이 소중한 자기 시간인데, 동생과의 관계가 틀어지면 상처받기도 할 겁니다. 동생에게 바람맞는 거죠. 그런 아픔을 온전히 느끼면서도 다시금 동생에게 다가가야죠.

사람의 마음을 얻는다는 게 쉬운 일이 아니라는 것을 느끼고, 희생적인 자세를 다 잡았으면 좋겠습니다.

우리들의 스토리 #2

긍정의 힘을 확인하며

형 광재, 동생 대한(가명)

나는 젊은 청년답지 않게 지난 짧은 세월을 반추하는 애늙은이 같은 습관이 있다. 옛 기억을 되짚을 때마다 모난 돌처럼 무언가가 거슬리는 이유는 아마 나의 부모님의 영향일 것이다 '부모님께 사랑받지 못한다', '내 주변 사람으로부터 인정받지 못하고 더 많은 걸 요구받는다', '결국 내가 사랑받지 못한다는 사실은 바뀌지 않는다', 이러한 생각이 꽤 뿌리 깊게 자리 잡고 나서 세상을 바라보았을 때, 어떠한 방식으로든 나는 강박적으로 좌절감을 맛보게 되었다.

멘토링을 시작하던 때에도 그런 강박관념은 말없이 나를 짓누르고 있었다. 내가 입고 있는 제복으로부터도, 외적인 보상 어느 것으로도 스스로를 채울 수 없어 방황하던 때에 내가 누군가를 이끌어주려는 시도라도 해보아야 내 삶이 나아질 실마리를 찾을 수 있을 것 같았다.

하지만 한편으로는 '스스로에게조차 확신이 없는 내가 누구를 이끌어준

※ 형들이 직접 솔직하게 풀어낸 동생과의 이야기입니다. 등장하는 이름은 모두 가명입니다.

단 말이야?'라며 스스로를 자책하고 낙심했다. 그나마 다행히도 내게 어느 정도 이런 편집증적 완벽주의가 있다는 것은 알고 있어서 남에게나 동생에게 티 내지 않으려 했기 때문에 이런 일로 피해를 주진 않았을 것이다.

하지만 역시 첫 번째 만남 때는 마냥 우울해하기만 하던 동생의 이야기를 들어주는 것 말고는 할 수 없었다. 동생의 사생활 보호를 위해 구체적인 내용은 밝힐 수 없지만, 내가 겪었던 가정사와 인생사와도 와 닿는 바가 있어 공감하면서도 나도 답을 찾지 못한 문제에 대해 고민하는 동생을 바라보며 무력감을 느끼는 것 외에는 해줄 수 있는 것이 없었다. 말을 할 수 없었다. 내가 괜히 일을 더 크게 만들어 동생이 나조차도 멀리하게 된다면 큰일이니 말이다. 어떻게 하면 동생의 기분을 풀어줄 수 있을까 하는 생각만 하다가 첫 번째 만남은 그렇게 어영부영 끝나고 말았다.

그 후 한참이 지나 멘토 역할을 하던 생도들을 대상으로 특강이 한 번 있었다. 강사님이 질문을 던졌다.

"여러분이 자식을 키운다고 할 때, 자신감(자존감)이 중요하겠죠? 아들딸에게 자존감을 갖게 해주는 방법에는 무엇이 있을까요?"

나는 당연하다는 듯이 대답했다.

"잘하는 분야 하나를 만들어줍니다!"

강사님을 나를 지목하며 날카롭게 말했다.

"전형적인 오답이에요!"

막혔던 무엇인가 뻥 뚫리는 기분이 들면서 뒤통수를 한 대 얻어맞은 듯했다. 나도 내가 말을 뱉어놓고서 무엇이 잘못되었는지 직감한 것이다.

강사님께서 하신 말씀을 정리하자면 '잘한다'는 것은 상대적이다. 상대적 지위를 통해 추구하는 행복감은 결국 불행으로 이어지게 된다. 내가 형으로서 동생에게 해줄 수 있는 역할은 동생들이 기댈 수 있는 사람이 되는 것이다.

이야기를 들어주면서 성의 있는 공감을 해주는 것, 그리고 그들이 어떤 길을 가고 있든지 조건 없는 지지를 보내는 게 형이 동생에게 해줄 수 있는 가장 소중한 선물이라는 사실을 그때 깨달았다. 그 후 이어지는 강사님의 강의는 내 인생의 전환점이자 동생에게 용기를 내어 다시 연락하는 계기가 되었다.

놀랍게도 동생은 다시 만났을 때 내 도움 없이 무척이나 밝아져 있었다. 이유를 들어보니 연애 비스름하게, 본인이 좋아하는 또래 여자애와 '썸'을 타고 있다는 것이었다. 처음 만났던 동생은 무척 어두워서 걱정이 될 정도로 안쓰러웠는데, 완전 다른 사람이 돼서 물어보지도 않은 이야기들을 술술 풀어내는 모습을 보니 너무나 뿌듯했다.

고등학교 진학에 대해서도 많은 이야기를 나누었는데, 나름대로 부모님의 결심과는 독립적인 결정을 내려 자신의 인생을 결정하는 용기를 지닌 동생에게 크게 감탄했다. 또 한편으로는 동생에게 어떤 식으로든 도움이 되지 못하고 혼자 방황했다는 사실에 미안하기도 했고, 인생에 큰 깨달음을 얻고 동생이 우울한 기분에서 벗어나도록 해주고 싶었는데, 내가 기여한 바가 없는 것 같아 아쉽기도 했다.

그래도 좋다. 어쨌거나 동생은 훨씬 더 밝아졌고, 나는 배운 대로 동생의 말을 들어주며 나름대로 동생에게 성의 있고 특별한 공감을 해주기 위해 애썼고, 우리는 밝은 표정으로 인사하며 헤어졌다.

멘토라고 대단한 것이 아니다. 내가 하는 말 하나하나가 그들의 삶에 영향을 끼칠 수 있다고 여기는 것은 정말 대견하고 신중한 접근이다. 하지만 동생들도 분명 우리와 같은 사람이다. 신중하게 접근한다고 그들 곁에 맴돌기만 하면, 동생들도 우리에게 큰 기대를 바라지 않을 것이다. 우리가 할 수 있는 일은 그들에게 확신을 불어 넣어주는 것, 성의 있게 그들의 이야기를 들어주고 공감해주는 것뿐이다. 나머지는 그들의 몫이다.

도움 주기보다는 받기만 하는 멘토가 된 것 같아 안절부절못할 필요도 없다. 어쩌면 그들이 우리보다 더 대단하고 훌륭하게, 교훈을 주는 인생을 살지도 모른다. 그들이 우리의 선생이 된다고 해서 이상할 것 없다. 형들은 동생들이 비탈길로 들어서지 않는 이상 그저 그들의 길을 비춰주고 축복해주면 그것으로 충분한 역할을 한 것이다. 올해 가장 값진 깨달음을 준 '형동생 만들기'와 동생 대한이에게 너무나 감사하다.

내가 너의 형이 되어줄게

형 선훈, 동생 희철(가명)

되돌아보면 동생과 만남은 시작부터 어색함으로 가득하였습니다. 충무관 세미나실에서 시작된 만남에서는 수많은 학생 중 과연 누가 내 동생이 될까 하는 호기심으로 가득했고, 저와 한 학생이 이름이 불렸을 때 학생은 비로소 제게 한 명의 동생이 되었습니다.

동생과 저에게 같이 활동할 수 있는 자유시간이 주어졌을 때 저와 동생은 간단한 대화만 몇 마디 나누었을 뿐 많은 이야기를 나눌 수 없었습니다. 그러다가 희철이가 먹고 싶다는 곱창을 먹으러 왕십리로 향하였습니다. 조금이라도 더 맛있는 곱창을 희철이와 함께 먹고 싶어서 스마트폰으로 찾아서 맛집을 찾아갔습니다.

왕십리로 향하는 택시 안에서 희철이와 많은 얘기를 나누었습니다. 희철이의 학교생활은 어떤지, 취미와 좋아하는 것은 무엇인지, 평소에는 무엇을 하는지, 그런 이야기들을 하면서 희철이가 저에게 궁금해하는 것들을 대답해주면서 한 명의 동생이 된 희철이와 더욱 친해질 수 있었고, 희철이에 대해서 이해할 수 있는 시간이 되었습니다. 희철이는 컴퓨터 게임을 좋아하고 시험이 며칠 남지 않아 고민하는 중학생이었습니다.

희철이와 헤어져서 학교로 돌아오는 버스 안에서 하루를 되돌아보며 많은 생각을 하였습니다. '희철이는 내가 대단한 사람이라고 부러워하면서 따르는데 내가 그렇게 대단한 사람일까?', '희철이에게 좋은 것들을 말해주고 도움이 되는 말들을 해주어야 하는 데 나한테 나쁜 영향을 받으면 어떡하지?'와 같은 걱정이 들사 다음 만남도 이렇게 즐거운 시간이 될 수 있을지 불안하였고, 중학생인 희철이의 고민을 듣고 해결해주지 못하면 희철이가 실망할까 봐 걱정도 되었습니다.

저와 희철이가 가졌던 만남의 시간은 정말 즐거웠고 다시 한번 만나고 싶었습니다. 희철이와 카카오톡으로 다음에 만날 약속을 잡으려고 하면서도 그러한 걱정과 부담감 때문에 먼저 나서서 날짜를 잡기가 힘들었고 희철이도 중간고사와 기말고사, 그리고 주말에 학원 수강으로 인해서 시간을 맞추기가 힘들었습니다. 시간이 지나가고 어느새 하기 군사훈련 기간이 되어 훈련을 받으면서 연락은 더욱더 뜸해졌고 9월이 되었습니다. 9월에도 상황은 마찬가지였습니다.

그러던 어느 날 학교에서 형동생만들기 특별강연을 하였습니다. 심리상담소 전문 상담가분에 의해서 이루어진 동생을 이해할 수 있는 교육이었습니다. 거기서 강사님이 이런 말씀을 하셨습니다.

"동생이 형한테 많은 것을 바라는 것은 아니에요. 동생의 이야기를 들어주고 동생의 편을 들어주는 누군가가 되어주는 것만으로도 동생에게 큰 도움이 되는 거예요."

강사님의 말은 제게 큰 충격으로 다가왔습니다. 동생이 원했던 것은 완벽한 형, 무엇이든 잘하는 형이 아닌 자신을 이해해주는 형이었기 때문입니다. 강사님의 강연을 들으면서 제가 희철이와 함께 걸어야 할 길을 알 수 있게 되었습니다.

강사님의 강연이 끝나고 형이라는 역할에 대한 자신감을 얻고 난 후 희철이와 다시 한번 만나기로 결심했습니다. 분명 처음에 이루어졌던 만남 이후에 많은 시간이 흘렀고 서로 어색해진 것은 사실이었지만 다시 만나서 처음에는 제대로 하지 못했던 희철이의 이야기를 들어주고 희철이의 편이 되어주고 싶었습니다.

희철이를 다시 만났고 오랜만에 만난 희철이는 더 이상 중학생이 아니라 고등학생으로의 발돋움을 준비하고 있었습니다. 희철이는 처음 가보게 될 고등학교에 대해 막연한 두려움과 문과, 이과 선택에 있어서 망설이고 있었습니다. 저는 저의 고등학생 시절의 경험과 주변의 이야기들을 해주면서 선택은 희철이가 스스로 생각해서 결정하는 것이 좋다고 조언해주었습니다.

희철이와의 만남을 마치고 돌아오면서 희철이에게 제대로 도움이 됐다는 뿌듯함과 함께 과연 내가 누군가를 위해서 이런 진지한 고민을 해본 적이 없었던 것을 알게 되었습니다. 희철이와 함께 '형동생만들기'을 진행하면서 희철이를 위해서 생각한 행동들이 저에게 다른 사람을 이해하고 배려해주는 방법을 익히는 데 도움이 되었고, 특히 다른 사람들의 고민을 해결해주지 못하더라도 한 사람의 고민을 진지하게 들어주는 누군가가 있는 것만으로 충분한 도움이 된다는 것을 알게 되었습니다. 이번 '형동생만들기'에서 제가 동생을 만났던 횟수는 적었지만, 스스로에게 많은 깨달음과 다른 사람을 이해하고 배려하는 방법과 그 과정에서 느끼는 행복을 배울 수 있었습니다.

이번에 배운 것들을 바탕으로 내년에도 반드시 형동생 프로그램에 신청해서 이번과 겪었던 시행착오 대신 조금 더 능숙하게 희철이의 이야기를 들어볼 것입니다. 동생의 이야기를 듣는 것에 그치지 않고 주변에 있는 고민 많은 사람들의 이야기를 들어주고 그들을 이해해주며 나아가 육군의 정예장교가 되어 용사들의 고민을 듣고 그들의 편이 되어주고 싶습니다. 이번 '형동생만들기'에 참가할 수 있어서 정말 다행이었고, 많은 것을 깨닫고 배울 기회가 되었습니다.

우린 서로가 필요해

언니 진영, 동생 다정(가명)

'형동생만들기'란 맺어진 동생을 가용 시간에 만나며 내가 경험했던 것들, 겪었었던 고민을 바탕으로 동생들의 고민을 들어보고 도와주며 멘토링을 하는 프로그램이라고 할 수 있다. 이 과정을 통해 동생들은 먼저 같은 고민을 했던 멘토들에게 해결방안에 대해 도움을 받을 수 있고, 멘토들은 동생들과 함께 해결방안을 찾아가면서 더욱 성숙해질 수 있다.

처음에 형동생 멘토링 프로그램이란 것이 있다는 것을 알았을 때 누군가에게 도움이 되는 프로그램이라는 생각을 하고 누군가를 도울 수 있다는 생각에 바로 신청을 했었던 것 같다. 신청을 한 이후 처음 동생을 학교 내에서 만나게 될 수 있는 순간이 있었다. 정복을 입고 그 동생에게 좋은 인상을 남겨주기 위해 용모도 단정히 하고 일단 학교에 대해서 무슨 말을 해줄까라는 생각도 하면서 벅찬 마음으로 동생을 만나러 갔었다. 다정이는 처음에는 낯을 많이 가렸었다. 말도 많이 없어서 처음에는 계속 이야깃거리를 생각해내느라 고생을 좀 했었던 것 같다. 그래도 처음 육군사관학교에 오는 것이었을

테니까 최대한 육군사관학교에 관해서 설명을 했었다.

그리고 외출을 하여 영화도 보고, 맛있는 것도 먹으니, 점점 친해졌던 것 같다. 그렇게 점점 친해지면서 다정이는 자신의 일상 얘기, 친구들, 그리고 자신이 가지고 있었던 고민에 대해서도 말해주었다. 다정이의 고민과 삶에 대해 들으면서 나에게 더 마음을 열어준 것 같아 아주 고마웠다.

그다음 만남 때는 다정이의 집 근처에서 만나 영화를 또 보았는데, 영화를 보기 전에 카페에 있었다. 벌써 부쩍 친해져서 장난도 치고 하고 싶은 얘기들도 많이 말하는 다정이를 보며 매우 기쁘고 뿌듯했었던 것 같다. 다정이의 고민을 들으며 '아, 나도 이때 이 고민을 했었는데.'라는 생각 때문에 더욱 공감하며 집중하여 그 문제를 같이 헤쳐 나갈 길을 찾았었던 것 같다. 그리고 육군사관학교로 진학을 꿈꾸는 다정이의 얘기를 들어보며 선배로서 조언해줄 수 있는 많은 충고를 해주었다.

사실 점점 시간이 지나고 나이가 많아질수록 고민이 있는 학생들에게 "그래도 그때가 좋을 때지."라고 말하는 사람들이 많다. 하지만 그 학생들에겐 자신에게 닥친 그 문제가 세상에서 제일 중요하고 급박할 것이다. 관점의 차이이다. 그래서 그런 학생들의 고민을 단순히 넘기지 않고 경청하며, 공감해 주는 것이 매우 중요하다.

'형동생만들기'는 멘토들을 더욱 성숙하게 만드는 데에도 의미가 있는 것 같다. 경청하는 것을 배우고, 나보다 어린 동생들을 배려하는 것을 배우면서 훌륭한 리더가 되기 위한 발판을 닦은 것 같다. '혹시나 나를 부담스럽게 느끼지는 않을까?', '내가 불편할까?'라는 불안감이 지난 2번 만나기 전에 있었지만, 더 이상 그런 불안감은 느낄 필요가 없다. 내가 다정이를 필요로 하는 만큼, 다정이도 이제는 내가 필요하니까.

3부
형들이 들려주는 생생한 이야기

1. 2017년 '형동생만들기' 사례 나눔

2017년의 활동을 마무리하며 12월 초 100여 명의 형들이 모여 자신들의 이야기를 나누고 앞으로 동생과의 인연을 어떻게 발전시켜 나갈지 함께 고민해 보았다.

1) 경찰대학교 4학년 김봉기, 김석현

저희는 작년 초에 금천구에 사는 쌍둥이들과 형 동생으로 연결이 되었습니다. 쌍둥이들과 각각 형, 동생이 된, 독특한 케이스죠. 햇수로는 2년 차가 되었는데요. 동생들은 올해 고3이 되어 대학 면접도 보고 그렇게 지낸다고 하더라고요.

동생들이랑 처음 만나기 전에 걱정이 많이 됐어요. 동생들에게 어떤 말을 해줘야 할지, 어떻게 대화를 이어나가야 할지? 어쩌면 동생들이 고등학교 2학년이라 무서운 친구들이면 어떡할까 걱정이 되기도 했습니다.

다행히도 매우 착하고 대화도 잘 이루어졌습니다. 그래서 동생들이랑 재밌게 형동생 프로그램을 이어나갈 수 있겠다 하고 기대를 했는데요, 그 후로 동생들과 만날 때 굉장히 어려움이 많았어요. 동생들이 약속 시각을 30, 40분 늦는 것을 기본으로 하더라고요. 저희가 아산에 있고 동생들은 서울 금천구에 살아서, 저희가 서울까지 동생들을 만나러 KTX를 타고 가요. 7시에 만나기로 했어요. 근데 6시 55분에 약속장소에 도착했는데 못 만나겠다고 그러더라구요.

또 만나면 동생들은 핸드폰만 하고 있고…. 어느 날은 초밥 뷔페를 갔는데, 자기가 한 입 먹고 새우 꼬리라던가 맛없는 부위를 저희에게 먹어보라고 권해주더라고요. (웃음) 카톡으로 연락할 때 동생들이 '읽씹(읽고 무시)' 하는 경우도 있고요. 그래서 저희가 대표단을 통해서 '더 이상 동생들이랑 만나기가 힘들 것 같다'라고 의견을 전달한 적도 있었어요. 그렇게 저희 사이는 소원해졌고, 단지 봉사시간을 위한 관계가 되어가고 있었고, 연락도 뜸해지고 동생들과 만나는 횟수도 적어졌습니다.

여기 계신 분들의 멘티들도 조금씩 약속 시각에 늦는다든가 부족한 모습을 보여줄 거예요. 근데 정말 저희는 힘들었거든요. (웃음) 예를 들어서, 부모님께는 저희를 만난다고 하고 피시방에 간 정황이 포착된 적도 있었고…. 개인적으로 제일 충격적이었던 게 "형, 저희 한 입만 줘요."라는 얘기를 많이 한다는 것이었습니다.

문득 들었던 생각이, 우리가 자유롭게 공부할 수 있는 환경에서 우리를 배려해주는 부모님 곁에서 자랐다는 게 대단히 큰 축복이구나. 어쩌면 아이들에게는 우리가 가지고 있는 상식이나 기대하게 되는 매너가 당연한 것이 아닐 수도 있다는 생각이 들었어요.

그리고 그런 아이들이 사회에 잘 적응하고 인간관계를 잘 이끌어나갈 수 있도록 도와주는 게 우리의 역할이라는 생각이 들었습니다. 이제 그렇게 쌍둥이들 입장에서 생각을 하게 되고 너그럽게 이해를 하려고 노력하니까, 동생들도 마음을 열어가기 시작하더라고요.

동생들한테 먼저 연락이 오기도 하고, 저희의 이야기가 잔소리가 아닌 충고로 받아들여지는 것 같았습니다.

돌이켜 보면 동생들의 이야기를 듣는 데 미숙했던 것 같아요. 동생들이 약속 시각에 늦거나 약속을 파투내면 동생들한테 "다음부터는 형들한테 미리 말했으면 좋겠다."라는 식으로 동생들에게 싫은 소리를 했지, 동생들의 이야기를 듣지는 않았거든요.

알고 보니까 부모님이 맞벌이를 하시고 또 밑에 아주 어린 동생이 있어서 동생을 돌봐줘야 하는 역할을 맡고 있더라고요.

여기 계신 형, 언니분들은 다음 만남 때엔 동생에 대해 자신하지 말고 더 알아가자는 생각으로 질문을 많이 해주셨으면 좋겠습니다.

이제 2년 차에 접어들고 있는데, 동생들이 처음 만났을 때보다 훨씬 많이 성숙해진 것 같아요. 그리고 진로문제같이 평소에는 안 했던 얘기들도 저희에게 하고요. 예전에는 솔직히 동생들 만나러 가는 게 즐겁지 않았는데, 요즘은 동생들 사진을 방문에 붙여놓고 있거든요. (웃음)

그리고 곧 저희도 졸업하고 그 친구들도 졸업을 하기 때문에 더 이상 '형동생만들기'로 관계가 유지되진 않겠죠. 그렇지만 이렇게 맺어진 인연을 이어나가 쭉 편한 형동생 관계로 앞길을 그려나갈 생각입니다.

2) 경찰대학교 4학년 홍은기

'형동생만들기'를 시작한 것은 2015년 4월이니까, 3년 전이네요. 그때 만났던 학생은 ○○이라는 학생인데 당시 동생은 중학교 1학년이었습니다. ○○는 먹는 것을 아주 좋아하고, 그리고 야구를 좋아하는 학생이었습니다. 한번은 강남에서 만난 적이 있는데 동생이 초밥을 먹고 싶다는 거예요. 그래서 회전 초밥집에 갔는데 동생이 끊임없이 먹는 걸 보고 머릿속으로는 계산으로 바빠지고 '도대체 언제 그만 먹지?' 하고 생각했던 적이 있습니다. 저보고 먹으라고 하기에 "아, 나는 네가 먹는 거만 봐도 배불러. 안 먹어도 돼." 이런 식으로…. (웃음)

저는 동생과 만날 때 동생이 좋아하는 것에 초점을 두고 만남을 만들었습니다. 맛있는 것도 먹고, 동생이 야구를 좋아하니까 같이 배팅장도 갔습니다. 한번은 에버랜드에 가고 싶다고 해서 에버랜드에 간 적도 있었습니다. 남자 두 명이서 하는 놀이공원 데이트가 그리 유쾌하지는 않았지만, (웃음) 나름 꽤 재밌었죠. 동생이 무서운 걸 잘 탄다고 해서 T-익스프레스를 태웠는데 또 태우려고 하니까 도망가더라구요. 그런 식으로 좋았던 경험들이 많이 있습니다.

그렇게 1년이 지나고 학교가 이전을 하게 되었습니다. 예전에는 구성역 쪽에 있었는데 신창으로 옮겨서 난감했죠. 예전에는 지하철 타고 30~40분이면 동생을 만날 수 있었는데, 이제는 2시간 40분이 걸리는 거리가 되었습니다. 버스에, 택시에 여러 번 갈아타면 3시간이 걸리는 거리가 되어서 사실상 만나기 힘들게 되었습니다. 저도 우연한 기회에 연애를 하게 되어서 동생을 자주 만나야 하는데 한 달에 한 번 정도, 많으면 한 달에 두 번 만날 수밖에 없었던 아쉬운 점이 있습니다.

이제 만나면 강남 터미널 쪽에서 만나게 됐는데요. 거기에서도 동생과 자꾸 새로운 경험을 하고 싶었습니다. VR 가상체험도 해보고, 동생한테 "너희는 4차 산업시대 주역이다." 알려주고 했습니다.

점점 동생이 저에게 진지한 이야기를 하기 시작하더라고요. 가까워지니까. 갑자기 저더러 "꿈이 생겼어요."라고 하는데, 군인이 되고 싶다고 하더라고요. 그래서 친구 중에 공군사관학교 다니거나 육군사관학교 다니는 친구에게 이것저것 물어보면서 동생에게 도움을 주려고 노력했습니다.

사실 진로에 관한 이야기를 동생에게 삼가왔던 이유는 제가 중학교 때는 명확한 꿈이 없었거든요. 그래서 동생한테도 일부러 그런 이야기를 하지 않았는데, 동생이 먼저 얘기를 해주니까 감동적이고 좋았습니다.

이외에도 학교생활에 대한 진지한 얘기도 많이 했죠. "여자 친구는 사귀지 말고 최대한 아는 여자들을 많이 사귀어라.", "중학교 때 친구들이 나중에 어떻게 될지 모른다." 등등. (웃음)

그리고 가장 감동하였던 게 졸업해서도 평생 자기랑 만나자고 했던 겁니다. 물론, 이제 제가 졸업하고 서울이나 경기권으로 가면 만날 수 있지만, 지방으로 내려가면 만날 수가 없겠지만요.

교학상장(教學相長)이라는 말이 있는데, 배우고 가르치면서 서로 성장한다는 뜻이지요. 오히려 저는 동생에게 더 많이 배운 것 같습니다. 동생이 착하고 말을 잘 들어주는 그런 학생이어서, 진실한 모습, 그리고 차분한 모습을 배웠던 것 같습니다. 여러분들도 앞으로 많이 만남 이어나가면서 교학상장하시기를 바랍니다.

3) 육군사관학교 3학년 권도혁

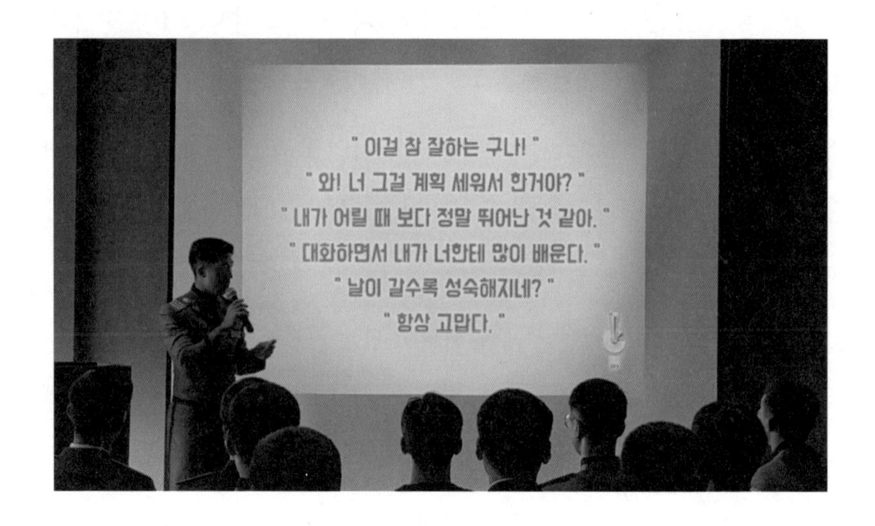

저는 '형동생 멘토링'이라는 이름을 '자존감 멘토링'이라는 이름으로 바꿔봤습니다. 바로 사례를 통해서 이야기를 이어나가도록 하겠습니다. 저는 3년 동안 3명의 동생을 만났습니다. 1년을 주기로 동생이 바뀐 셈이죠.

첫 번째 동생은 어렸을 때부터 운동을 했는데 중학교 때 부상을 입어서 운동을 그만두게 되었다고 합니다. 그로 인한 무력감과 열등감이 컸고, 그래서 자신의 힘을 제어하지 못하고 주변 학생들에게 행사하는 한마디로 학교폭력의 가해자였습니다. 징계처분을 받은 적도 있고, 전학명령을 받은 적도 있습니다. 두 번째 동생은 앞의 첫 번째 동생과는 다르게 굉장히 모범적이고, 자신의 꿈에 대한 계획이 있고, 미래를 생각하고, 부모님과 친구들과의 관계도 굉장히 좋은 학생이었습니다. 그리고 요즘 만나고 있는 세 번째 동생은 보통의 사춘기 친구들과 같이 굉장히 외모에 관심이 많고, 여자 친구를 어떻게 사귀느냐, 이런 질문을 집중적으로 하는 친구입니다.

이 세 동생을 만나면서 제가 공통으로 느낀 한 가지는 동생들에게 한 가지 욕구가 있다는 것이었습니다. 그 욕구는 저에게도 있고, 여러분들에게도 있고, 누구에게나 있는 그런 욕구였습니다. 누군가에게 인정받고, 사랑받고, 자신의 존재를 확인하고 싶은 그런 욕구였습니다.

바로 자존감입니다. 저는 동생들의 어두운 마음속 한가운데서 스위치를 켜줌으로써 밝게 만들어 주고자 했습니다. 자존감의 스위치를 켜주는 것이었습니다.

"정말 잘하는구나!", "내 어릴 때보다 더 뛰어난 것 같아.", "날이 갈수록 성숙해지는 것 같아.", "정말 고마워!" 같은 칭찬, 감사, 응원, 그리고 격려의 언어들은 우리에게 큰 힘을 줍니다. 칭찬과 격려를 통해서 자존감이 향상된 동생들은 구체적인 행동, 그리고 뒤이어 나타나는 긍정적인 결과의 선순환을 만들 수 있었습니다.

이 선순환의 고리는 자존감 스위치를 살짝 켜줌으로써 만들어집니다. 첫 번째 동생은 현재 육사로의 진학을 희망하고 있습니다. 공부를 한 번도 해본 적 없던 친구가 고등학교 3년을 거쳐 꿈을 위한 현실적인 고민과 노력을 하고, 저에게 많은 조언을 구하고 있습니다.

두 번째 동생은 저와 연락이 끊어진 지가 꽤 되었습니다. 아무래도 원래 자신의 자존감을 향상시킬 수 있는 기회를 가족과 주변 친구들로부터 이미 받고 있었기 때문에 제가 그다지 필요하지 않았을 거라고 감히 생각해봅니다. 저는 두 번째 동생이 앞으로도 자신의 역할을 잘 수행하면서 성숙한 어른으로 성장할 거라고 확신하고 있습니다.

세 번째 동생은 현재 만남을 지속하면서, 긍정적인 방향으로 자신의 욕구를 표현하고 자존감이 향상될 수 있도록 노력을 하고 있습니다.

여러분, 동생의 자존감 스위치를 꼭 켜주십시오. 그러면 동생은 꼭 성숙한 어른으로 성장할 수 있을 것입니다.

4) 서울대학교 의과대학 예과 2학년 이호현

시작은 반이라는 말이 있잖아요? 그래서 저는 처음에 동생과의 관계는 동생과 결연되는 순간 50퍼센트 정도 된다고 생각을 했었어요. 정말 바보 같은 생각이었어요. 당연히 시작은 0퍼센트부터 시작하는 거였습니다.

저는 너무 막막했어요. 정말 0퍼센트였거든요. 동생이 저를 쳐다보지 않을 때도 많고, 연락도 진짜 안됐었고, 연락이 돼도 파투났던 적이 2~3번 됐던 것 같습니다. 그래서 결국 결연 맺은 지 몇 달이 지나서야 처음 만나게 되었습니다. 2016년 7월이었죠. 중학교 2학년이었습니다. 중학교 2학년은 유명하잖아요? 중2병 걸렸으면 어떡하지? 저보다 더 세서 '혹시 내가 쫄면 어떡하지?' 하고 걱정을 많이 했었는데 다행히 그렇진 않았어요.

그 친구 학교 주변에 있는 금천구립시흥도서관에서 처음 만났었습니다. 동생이 낯선 저를 어색해하는 것이 당연하기에, 만남의 공간은 적어도 동생에게 친숙한 공간으로 정한 것이지요. 저보다 덩치도 크고 좀 성숙하게 생겼더라고요. 그래서 처음에는 제 주변에 누가 기웃기웃하기에 누군지 몰라서 서로 연락을 했다가, 서로 전화하다가 마주쳐서 어색하게 만남을 시작했습니다.

첫날은 카페에 가서 동생에 대해 알아가는 시간을 가졌습니다. 컴퓨터에 관심이 많고 축구하기를 좋아하는 밝은 동생이었습니다. 그렇게 만남이 진행되고 나서는 자신이 컴퓨터와 관련된 진로를 어떻게 정해야 할지 모르겠다고 물어보는 일이 많았습니다.

하지만 제가 이쪽 진로가 아니다 보니까, 제가 학교 수업에서 만났던 서울대학교 컴퓨터공학과 형을 한 명 소개해줬어요. 소개해주고 난 다음에 한두 달 정도 지나서 동생한테 물어보니까 꿈을 접었다고 연락을 안 한다고 하더라고요. (웃음) 이렇게 관계가 한 10퍼센트 정도 진척이 되었어요.

그리고 두 번째 만남. 두 번째 만남은 '제가 다가가기'를 키워드로 잡았습니다. 첫 번째는 동생의 공간에서 만났지만, 이날은 서울대 근처로 불러 식사를 했습니다. 이런 식으로 서로의 공간에 한 번씩 찾아감으로써 수평적인 위치를 맞추고자 했습니다.

이날 마음을 연다는 것은 시간과 노력이 정말 많이 필요한 일이라는 사실을 느꼈습니다. 동생은 저를 만나기보다는 불판 위의 고기를 보는 데에 관심이 더 많았던 것 같아요. 제가 묻는 말에 그냥 형식적인 대답을 많이 했고, 약간 먹는 게 더 중요하다는 듯이 행동을 했었는데, 그래서 아직도 더 큰 노력이 필요하지 않나 하는 생각이 들었습니다. 그래서 15퍼센트밖에 안 됐어요.

세 번째 만남은 올해 7월 16일에 진행이 되었습니다. 이날은 약간 특별한 날입니다. 마음의 문을 열어보려 한 날이지요. 이날은 신림역 근처에 있는 방탈출 카페에 방문했는데, 저도 몇 달 만에 방문하는 거였고, 동생은 처음 방문하는 거라 굉장히 고전을 했습니다. 결국 방 탈출엔 실패했어요. 근데 방을 탈출하는 과정에서 동생도 긴장됐는지 "야, 이거 좀 줘 봐."라고 반말을 하더라고요. 저도 좀 당황해서 "어어…. 알았어!" 대답을 했습니다. 나중에 둘이서 이걸 곱씹어 보면서 한참을 웃었습니다. 그래서인지 좀 더 재밌게 이 시간을 즐긴 것 같습니다.

이렇게 같이 참여할 수 있는 활동이 마음의 문을 열 수 있는 열쇠라는 생각을 많이 했습니다. 이때는 30퍼센트 정도 관계가 찼다고 생각합니다.

그리고 최근에 만났을 때는 10월 8일입니다. 사실 이날이 되게 의미 있는 날입니다. 바로 동생에게서 먼저 놀자고 연락이 온 날이거든요. 그래서 동생이 먹고 싶었던 고구마츄잉도 먹고, 피시방에 가서 ○○이가 좋아하는 오버

워치도 하고, 이후엔 되게 많은 이야기를 했던 것 같습니다. 헤어질 때 ○○이가 굉장히 아쉬워해서 저도 좀 마음이 무거웠습니다. 이렇게 2년이 다 되어서야 ○○이가 마음을 조금씩 연다는 게 저는 뿌듯했고 보람도 느꼈습니다.

조금씩 마음의 문을 허물고 있는 동생, 그러한 조그마한 변화에 좋아하는 저를 보고 있으니까 이 프로그램이 정말 잘 기획되었다는 생각을 합니다. 또 저를 포함한 많은 분께서 이런 프로그램을 통해 사회를 좀 더 좋은 곳으로 만들고 있지 않나 생각을 합니다.

드디어 동생과 제 관계는 50퍼센트, 그러니까 절반이 정도가 된 것 같습니다. 시작이 반이라는 생각은 변하지 않았습니다. 그런데 그 시작은 형과 동생이 수평적인 위치에서 서로의 마음의 문을 열 때에야 비로소 시작이라고 할 수 있지요.

앞으로 본과에 진학하면 분명 만날 시간이 줄어들기는 할 겁니다. 그때는 '형동생만들기'의 멘토-멘티가 아니라 편하게 만날 수 있는 형과 동생으로서, 50퍼센트에서 100퍼센트까지 갈 수 있는 그런 아름다운 미래를 기대하고 있습니다. 동생과 저희 관계는 이제부터 시작이니까요.

2. 좀 더 특별한 이야기

"동생은 밀당을 해도, 형은 당기면 돼요"

관악경찰서 경위 문석진, 경찰대학교 졸업생

언제부터 '형동생만들기' 활동을 하셨나요?

2012년, 그러니까 3학년 때 처음 시작했어요. 사)문화예술교육협회 대표님이 '형동생만들기'를 막 시작할 때였고, 제가 그때 초창기 멤버였어요. 지금은 졸업한 지 3년째이고, 관악경찰서에서 열심히 일하고 있습니다.

처음 만났던 동생을 지금도 만나고 있나요?

네, 이번에도 카톡 했어요. 지금 애는 고등학교 3학년이죠. 만났을 때는 중학생이었는데, 시간이 많이 지나서 올해 수능을 봤거든요. 고등학교 때는 이 친구가 공부한다고 잘 못 봤고, 이번에 수능 끝났으니까 오랜만에 한 번 보기로 했습니다. 중학교 때는 많이 만났는데, 고등학교 2학년 때부터는 거의 못 봤거든요. 또 하필 경찰대 졸업하고 군대를 의경 소대장으로 갔을 때는 만날 시간이 없어서 조금 중단된 적도 있었죠. 지금 전역한 지 1년 되었고, 동생도 수능 끝났으니깐 이제부터는 만날 수 있겠죠.

약 2년 동안 만남이 끊겼다가 동생과 재회했을 때 어색함은 없었나요?

전혀 어색한 게 없었어요. 반가웠죠. 제가 워낙 동생과 허물없이 지내서요. 제가 격식을 별로 안 좋아하거든요. 그 친구도 되게 프리한 성격이라, 어색하거나 그런 점은 없었어요. 저는 애를 가르칠 능력도 안 되고 자격도 없다고 생각해서, 그냥 이 친구한테 자기의 세계와는 다른 세계에 있는 형으로서 친해지는 게 목표였어요. 오히려 진짜 '형 동생'이잖아요? 제가 그렇게 접근하니까 실질적인 공부나 그런 거는 좀 적지만, 애가 좀 편하게 생각하고 편하게 대해주더라고요. 그렇게 해서 속 깊은 얘기도 할 수 있고, 오랜만에 만나서도 어색함도 없고, 그게 '형동생만들기'의 취지인 것 같아요. 너무 놀고먹는 것 같은가요? (웃음)

형동생 관계를 오래 이어가려면 비결이 있나요?

처음 '형동생만들기'를 시작할 때만 하더라도, 저 스스로를 성숙하다고 생각했었어요. 지금 생각해보면 사회경험도 없고 아주 어린 사람이었지만, 나름대로 동생에 대해 뭔가 해주고 싶고, 가르치고 싶고 그러더라고요. 정말 처음에는 서로 책 읽고 독서토론도 하려고 하고, 독서실도 같이 가고…. 그런데 결국 그런 행동들이 저 스스로도 불편하고, 이 친구도 불편하게 생각하는 것 같더라고요.

근데 어느 순간부터 그게 좀 아닌 것 같아서, "우리 그냥 피시방 가자, 피시방 가서 그냥 게임 한판 하고, 영화나 보러 가자."고 했죠. 동생이 운동 좋아하고 체격이 커서 먹는 거 되게 좋아하거든요? 그렇게 같이 맛있는 거 먹으러 다니고 그러다 보니까 그 친구가 서서히 마음의 문을 열더라고요. 그때부터는 오히려 그 친구가 더 적극적으로 저한테 먼저 연락도 하고, 그래서 저는 거기에 맞춰주면서 같이 하니까 지금까지 온 것 같아요.

동생들이랑은 한 달에 한 번 정도 만나는 것 같아요. 매주 만나면 더 좋겠지만, 여력이 안 나요. 학생이었으면 좀 더 만났을 것 같은데, 직장인이라 어쩔 수가 없더라고요. 사무실에서 만난 적도 있어요.

동생을 한 명 더 만나고 있다는데?

처음 만난 동생이 고등학교 공부 때문에 한동안 못 만났잖아요. 제가 관악

경찰서에서 근무하는데, 혹시 관악 근처에 도움을 필요로 하거나 형을 진짜 갖고 싶어 하는 친구가 있느냐고 협회 대표님께 여쭤봤죠. 그러니까 대표님이 한 명 소개해줬거든요. ○○중학교에 형을 되게 원하는 동생이 있다고 해서 인연을 맺었죠. 지금은 둘 다 만나고 있는 거예요. '형동생만들기' 취지가 인생의 동반자로서의 형을 한 명씩 맺어주는 거니까 제 생각엔 두 명도 조금 많은 것 같아요. 이제 더 이상 동생을 만들 생각은 없고, 두 명이랑 끝까지 가야죠. 나중에 셋이서 한번 만나보려고요. (웃음)

두 번째 동생은 어떤 동생인가요?

제가 제대한 거의 직후부터 만나다시피 해서 그 친구와는 1년 반 정도 만났거든요. 지금 얘가 이제 고등학교 올라가요. 요리사가 꿈이어서 특성화고등학교에 간대요. 원래는 그 친구 꿈이 경찰이었어요. 그래서 항상 연락도 먼저하고 무척 적극적으로 저에게 다가왔죠. 사실 마음을 여는 게 힘든데, 동생은 이미 적극적으로 본인이 필요해서 형이랑 만나고 싶어 하니까 저는 되게 편하죠. 사무실을 직접 보여주면서 경찰이 하는 일과 수사가 진행되는 과정에 대해서 구체적이고 사실적으로 설명해주니까, 되게 관심 많아하고 좋아하더라고요. 그러다가 학교 성적이 본인 생각만큼 안 나오니까 경찰대를 포기했죠.

중학교 때 꿈을 포기하기에는 너무 이른 것 아닌가요?

그래서 제가 계속 설득했어요. 넌 할 수 있다, 넌 지금 중3이지만, 지금부터 해도 충분히 할 수 있다고 말했는데, 본인이 갑자기 요리사가 되고 싶다는 거예요. 애들은 꿈이 자주 바뀌잖아요. "그러면 너 하고 싶은 대로 해라. 답은 없다." 고등학교 지원할 때 자소서도 같이 썼었어요. 본인이 하고 싶은 거 하는 게 제일 좋잖아요. 대신에 맛있는 음식 만들어서 얻어먹기로 약속했습니다. 제가 와인 되게 좋아하거든요. 동생이 일식하고 양식 쪽으로 나간대요. 일식하고 양식에 어울리는 와인이 많으니까 꼭 호텔에서 저 한번 사주기로 했습니다.

어떻게 동생들의 마음을 열 수 있을까요?

사실 제가 아무리 '형'이어도 남이잖아요. 친가족은 아니잖아요. 그러다 보니까 처음에는 보여주기 싫은 모습은 잘 안 보여주고, 본인의 편집된 모습과 보여주고 싶은 모습만 보여주게 돼요. 저는 그 단계에서 편해지는 단계로 나아가는 게 가장 중요하다고 생각을 해요. 저희도 정말 친한 친구에게는 마음의 문을 열듯이. 근데 그거는 시간이 되게 필요한 거고, 자주 만나야 되는 거고, 그래야지 서로 좀 더 잘 알아가고.

예를 들어서, 첫 번째 동생은 운동을 되게 좋아하거든요. 그 친구가 항상 카카오스토리 이런 데에 축구 사진도 올리고, 체대 준비할 만큼 운동도 좋아한다고 해서 공 한번 차자고 툭 던져봤어요. 경기를 한 게 아니라 공 가지고 짧게 놀았던 거거든요. 몇 번 찬 건데, 그 이후부터 동생이 저를 훨씬 편하게 대했죠.

한 번 여는 게 힘들지, 사실 한 번 열고 나면 그다음에는 그 상태를 유지하면 되잖아요. 단일방향이었던 화살표가 쌍방향으로 바뀐 거니까요. 동생은 밀당을 해도, 형은 당기기만 하면 돼요.

그리고 그렇게 동생들을 대하면서 책임감이나 배려 같은 부분은 이전까지 제가 생각하지 못한 부분까지 닿을 수 있었던 것 같아요. 제가 더 나은 사람으로 변화했다고까지 말하면 자만이겠지만, 동생들 보기에 안 부끄럽게 저 자신에게 엄격해질 순 있었습니다.

앞으로 '형동생만들기'에 참여하고 싶은 '형'들에게 해주고 싶은 말이 있다면?

동생들이 고민이 있어서 물어보면 나름대로 고민을 하고 대답을 해주면 돼요. 하지만 우리가 나서서 '인생을 이렇게 설계해라, 저렇게 설계해라' 하는 건 아니라고 봐요. 평소에 하던 대로 친한 형처럼 일상적인 이야기를 하는 게 좋은 방법이라고 생각해요.

너무 조급할 필요 없다는 거죠. 동생이 마음을 안 연다면 그게 절대 형의 잘못만은 아니라고 생각하거든요. 사람과 사람 사이에 마음을 열고 친해지려면 절대적으로 필요한 시간이 있어요. 또 동생이 아직 준비가 안 되어있을 확률도 높죠. 그러니 절대 조급해하지 말았으면 좋겠어요. 관계가 제자리를 걷는 듯해도 형의 잘못도, 동생의 잘못도 아니니까. 계속 만남을 유지하고 진심으로 대하다 보면 결국 친해지는 날이 와요. 그날 형과 동생이 얻는 행복이라고 해야 하나, 그런 가치가 무궁무진하게 클 겁니다.

동생과 만나면서 금전적으로 어려운 부분은 없었나요?

금전적인 부분은 어쩔 수가 없어요. 동생이랑 사실 정말 친해지려면 당연히 대화만으로는 안돼요. 맛있는 밥도 먹고, 카페도 가고, 노래방도 가고, 피시방 가서 게임도 하고, 도서관도 가고 다양한 활동을 해야 하거든요. 그리고 그런 활동들은 형들이 많이 부담할 수밖에 없는 게 없고 부담해야 하는 부분이죠.

저는 처음에 '형동생만들기'를 시작할 때, 분명히 '형'들에게 많은 지원금이 나올 거라고 생각을 했어요. 왜냐면 형과 동생이 하는 활동이 경제적인 여유 없이 하기 힘든 활동이라고 생각을 했기 때문에요. 그런데 지원금이 1년에 10만 원이라 아쉬우면서도, 지금 우리가 대단한 일을 하고 있다는 생각이 들었습니다. 저는 대부분 사비로 하고 있긴 한데, 이런 사업이 더 확장이 되어서 예산이 확보되고, 형들을 많이 지원해줬으면 좋겠어요. 후원 좀 많이 해주세요! (웃음)

'형동생만들기'가 앞으로 어떻게 발전해야 할까요?

제가 대표단을 했을 때는 '형동생만들기'를 양적으로 팽창시킬 필요가 있었어요. 그래도 이제는 꽤 많은 형과 동생들이 활동을 하더라고요. 사업의 규모와 내실화의 균형을, 대표님과 학생 대표단이 잘 조율해서 잡아나갔으면 좋겠습니다.

또 그리고 사실 지금 골라진 대학들이 입시 성적으로 상위에 속하잖아요. 하지만 학력과 인성은 또 별개거든요. 지금 경찰대나 육사, 이렇게 학교를 제한해놓은 게 형들을 검증하기 쉽게 하기 위해서긴 하죠. 그래도 앞으로는, 동생들의 꿈이 다양하다 보니까 특수한 대학과 과별로 동생이 직접 고민에 대한 해답을 제시해줄 수 있는 다양한 분야의 형들이 있었으면 좋겠습니다. 대학보다는 마음 따뜻한 형들!

"의대 본과에 올라가도 동생이 계속 생각나더라고요"

서울대학교 의과대학 14학번 이현지

언제부터 '형동생만들기' 활동을 하셨나요?

제가 20살, 그러니까 2014년부터 했네요. 학과 선배가 단체 채팅방에 멘토링 활동하고 싶은 사람 있냐고 찾기에, 제가 그런 활동에 관심이 있어서 하겠다고 했죠. 초·중·고 학생들이랑 인연을 맺고 가볍게 같이 논다고 설명을 들었던 것 같아요. 그렇게 동생과 만났고, 지금도 만나고 있죠.

동생과 만남은 어땠나요?

초반에는 저도 여느 형동생 커플들처럼 연락도 되게 안 되고, 약속날짜를 잡았는데도 깨고, 이런 일이 잦았어요. 그래서 동생이랑 제가 많이 안 맞는다고 생각했는데, '형'들을 대상으로 하는 강의를 들으면서 "계속 내가 이 친구한테 다가가야겠다. 마음의 문을 허물어야겠다."라고 생각했죠. 계속 카톡을 보내고 연락을 유지하려고 노력했어요. 한 서너 번 만나고 나서부터는 그 친구도 약간 마음의 벽을 허물고 편하게 저를 대했던 것 같아요.

지금은 고등학교 1학년인데요, 친해지고 알고 보니깐 하나도 안 소심하더라고요. 저랑 만나면 연애, 공부, 학교 선생님, 자기 오빠 게임하는 이야기하고…. 사실 수다쟁이예요. (웃음) 예전에는 피상적인 얘기만 했다면 1년 전쯤부터는 가족 이야기, 친구 간에 싸운 이야기 같은 고민을 나눴어요.

의과대학 본과로 진학하고 나선 만남이 어려웠을 것 같은데요?

사실 본과 올라가서 바쁘니까 동생을 만날 시간이 부족해질 거로 생각했죠. 그래서 '형동생만들기'도 그만뒀었어요. 딱 예과 2학년 때까지만 했는데, 정작 본과에 들어가니까 동생이 생각나고 그러더라고요. 많이 친해졌으니까 '형동생만들기'에 굳이 구속될 필요는 없잖아요? 그래서 그 뒤로는 그냥 연락하면서 한 학기에 두 번 정도 만나는 것 같아요.

동생과 만나면 보통 무엇을 하세요?

저는 그 친구한테 고마운 게, 너무 말이 잘 통해요. 얘기 듣고 있다 보면 진짜 재밌고, 동생 남자친구 얘기 들으면 엄청 공감되고 그래요. 그래서 주로 카페 가서 이야기 많이 하죠. 그런데. 영화 보고, 밥 먹고, 카페 가고 하는 것도 좋지만, 동생이 좀 더 특별한 경험을 좋아하더라고요. 그래서 연극을 보러 간다든지, 제 학교를 구경한다든지 하면서 놀기도 했죠. 기억에 남는 게 저랑 같이 치매 강의를 들었던 거예요. 이게 학교에서 하는 강의인데, 원래 의대생이 거기에 가면 봉사시간을 줘요. 근데 동생도 같이 가서 들으면 좋겠다 싶어서 데리고 갔거든요. 아시다시피 강의를 들을 때 대학생들 많이 졸잖아요. (웃음) 저는 집중하기 힘들었는데 동생은 엄청 열심히 듣더라고요. 그 모습이 생각이 나네요.

동생을 만나서 달라진 점이 있나요?

저는 원래 저보다 나이 어린 사람을 되게 불편해했었어요. 왜냐면 집에 오빠도 있고, 그래서 언니나 오빠가 편했죠. 손아랫사람으로 지내는 데 익숙해졌다고 해야 할까? 동생을 만나면서 동생이 가지고 있는 관심사, 나이 어린 친구들이 좋아하는 주제, 그런 거를 이해할 수 있었어요. 동생이 부모님께 대하는 모습을 보면서 나도 저런 효심을 배워야겠다는 생각도 정말 몇 번 했었고요.

만남에 있어 금전적으로 부담이 되지는 않나요?

제 목표는 동생이 대학교 갈 때까지 만나서 밥을 얻어먹는 겁니다. (웃음) 사실 금전적으로 약간 부담이 되는 부분도 있거든요. 육사나 경찰대는 생도들한테 월급이 나오지만, 저희는 진짜 그냥 대학생이니깐, 협회에서 주는 10만 원은 부족한 감이 없잖아 있죠. 영수증 같은 것을 첨부해서 많이 만나는 형동생들에겐 더 많은 지원이 이루어졌으면 좋겠어요.

동생에게 해주고 싶은 말이 있나요?

동생은 교사가 꿈이에요. 제가 볼 땐 정말 선생님이 될 수 있는 친구고, 가능성이 큰 친구거든요. 그런데 동생은 조금 무서워한다고 할까, 살짝 자신감이 없어 하더라고요. 특히, 또래 애들은 저녁부터 밤까지 학원 다닌다는데, 동생은 한두 시간만 학원에 다니고 그 뒤로는 계속 자습을 한대요. 그렇게 자기계획 잘 세우고 열심히 공부하는 친구니까 정말 본인이 대단한 의지를 가지고 있고 앞으로는 더 본인을 믿었으면 좋겠다. 이런 말을 해주고 싶네요.

지금 활동을 하고 있는 '형'들에게 해주고 싶은 말이 있나요?

동생이 정말 동생이라는 것을 알아줬으면 좋겠어요. 약간 형들의 잣대로 판단하면 말도 안 되는 행동을 할 때가 많거든요. 문자를 읽고 씹거나 약속을 깨는 행동, 심지어 당일 날 깨기도 하고. 하지만 동생 입장에서는 만남 자체가 부담스럽고 힘들 수도 있거든요. 형의 만나려는 노력이 중요해요. 왜냐면 동생들 중에는 정말 심리적으로 혹은 경제적으로 어려움을 겪고 있는 애들이 있을 수 있거든요. 형들이 꾸준히 연락을 유지해야 해요.

예를 들면, 동생이랑 너무 연락이 안 돼서 한 번밖에 못 만났다는 친구들이 몇 있었어요. 근데 그게 정말로 최선을 다해서 동생의 마음을 열려고 노력했는지는 솔직히 모르겠어요. 카톡 몇 번 보내고 노력을 멈췄다면, 굉장히 아쉽죠.

대표단으로서 '형'들을 어떻게 이끌었나요?

대표단들끼리 좋은 강연을 들을 기회가 있어요. 그럴 때마다 제가 약간 감동을 받고 나서 단체 채팅방에 정리해서 올립니다. 예를 들어, 동생들이 하는 행동들이 어쩌면 당혹스러울 수 있어도 동생 입장에서 생각을 하자 이런 내용을요. 그런데 단체방에 올리면 다들 관심을 그렇게 많이 갖지는 않아요. 그래서 그다음에 저는 개인적으로 말을 해요. 이러이러하게 활동이 좋은 것 같다, 아쉬운 것 같다 이런 식으로요. 경찰대나 육사 대표님들 보면 정말 열심히 활동하시는데, 저희는 그런 카리스마가 없어서 그런지 항상 부족함을 느껴요. 의대도 분발해야죠! (웃음)

'형동생만들기'에 바라는 점이 있나요?

동생들에게 문화 체험이라는 게 정말 소중해요. 지금 협회에서 이 멘토링 사업 말고 연극 사업이나 문화 사업도 한다고 알고 있거든요. 그런 쪽도 더 활발해졌으면 좋겠어요. 저는 저라는 존재 자체가 동생에게 큰 영향을 준다고는 생각하지 않아요. 대신 저와 함께여서 할 수 있는 활동들이 동생에게 큰 에너지를 줄 수 있어요. 아이들에게 더 많은 문화 체험의 기회랑 서로 어울릴 기회를 주는 게 중요하다고 생각합니다.

"누구나 여건은 힘들지만, 그래도 관심을 갖는 게 중요합니다"

육군 중위 박상연 육군사관학교 졸업생

언제부터 '형동생만들기' 활동을 하셨나요?

'형동생만들기'와는 2014년부터 인연을 맺게 됐네요. 학교에서 홍보를 하니까 그 좋은 취지에 공감하고 참여하게 되었습니다. 2012년에는 강남 구룡마을이라는 판자촌에서 멘토링 봉사활동을 하는 등, 원래 멘토링 봉사에 관심을 가지고 있었습니다. 당시 만났던 동생은 고등학교 1학년생이었어요. 곧 성인이 되겠네요. 동생은 정말, 지극히 평범한 일반적인 학생이에요. 다른 또래 청소년들과 전혀 다른 점이 없어요. 하지만, 가정환경이나 다른 부분에 있어서 자신이 하고자 하는 바에 장애가 될 수 있는 요소가 많을 뿐이죠. 저는 그런 요소들을 완화해 줄 수 있는 사람이고요.

동생과 만나서는 어떤 활동을 하시나요?

동생이 남동생이라 액션물을 좋아해요. 그래서 항상 영화관 갈 때마다 『토르』, 『아이언맨』, 『어벤저스』 등등 마블 영화는 다 본 것 같아요. 그리고 스크린 야구도 정말 많이 하러 갔어요. '형동생만들기'에서는 여름 되면 1박 2일 캠핑을 지원해줘요. 저희는 모범적인 형과 동생이라 그런지 (웃음) 그걸 2년 연속 갔죠. 여행을 가면 정말 많은 걸 할 수 있어요. 영화도 보고, 보드게임도 하고, 고기도 구워 먹고, 집약적으로 놀 수 있어서 더 좋은 것 같습니다. 항상 캠핑을 갔다 오면 동생이랑 더 친해지는 것 같아요.

그리고 임관하고 나서는 물론 바쁘긴 하지만, 제가 가평에서 근무를 하는데 근처에 MT촌이 있거든요. 그래서 동생을 이쪽으로 불러서 놀았어요. 여기가 되게 놀 거리가 많아요. 바나나보트 같은 것부터 시작해서 수상 레포츠를 즐길 수 있다는 게 참 좋더라고요.

동생과 마음을 열고 친해지는 방법이 무엇일까요?

형동생 커플마다 다 개인차가 있겠죠. 저는 외향적인 성격이라 먼저 뻔뻔하게 잘 다가갔어요. 막 뭐 좋아하냐고 물어보고, 어디 가자고 리드하고, '내 생각은 이런데, 네 생각은 어때' 하면서 동생의 생각을 적극적으로 동생 마음속에서 꺼내보려고 하고 그랬습니다. 누가 먼저 다가가느냐의 차인데, 동생들이 먼저 오기는 쉽지 않아요. 매우 어렵죠. 대신에 제가 먼저 호의를 표시하고 계속 관심을 주면, 동생도 사람이니까 어떤 반응이 있죠. 그렇게 계속하면서 친해졌죠.

저는 '관심'이라는 말을 쓰고 싶어요. 예를 들어, 동생에게 연말에 가족들이랑 같이 먹으라고 케이크를 사줄 수 있잖아요? 이런 부분은 모든 형이 생각해낼 수 있는 부분이에요. 대신 저는 케이크를 직접 사서 동생 학교로 들고 갔죠. 가까우니까 그렇게 할 수도 있었지만, 그래도 기프티콘으로 케이크를 전송해주는 거랑은 동생이 받아들이는 데 큰 차이가 있죠. 동생으로 하여금 "아, 형이 나에게 관심을 가져주고 있구나." 하는 느낌을 줄 수 있는 게 중요한 것 같아요.

육군사관학교 생도, 그리고 지금 군인의 신분으로 동생을 만나는 게 바쁘진 않은가요?

지금까지 보통 분기마다 한 번은 만났어요. 임관하고 나서는 반기에 한번 보고 있네요. 사실 생도 때는 더 많이 만날 수도 있어요. 육군사관학교 생도들이 바쁘다고 많이들 하는데, 사실 동생과 만나는 건 의지의 문제라고 생각해요. 특히, 외출이나 외박을 나가서 만나면 되니까 '형'들이 시간이 없다는 건 솔직히 핑계라고 생각해요. (웃음) 제가 생도 때는 못해도 두 달에 한 번씩은 만났던 것 같아요. 오히려 저같이 임관을 해버리면 휴가를 써야 나갈 수 있으니까, 힘들다면 힘들 수 있습니다. 하지만 지금까지 동생과 계속 끈끈한 관계를 유지해 왔고, 너무 친해지다 보니까 제 시간을 희생해서 만난다거나 그런 생각은 없어요. 그냥 동생을 만나러 가는 거죠.

대표단의 역할은 무엇이라고 생각하세요?

대표단은 형들을 묶어주고 일종의 통제를 해줄 수 있는 조직이죠. 동생이랑 만나는 게, 그 관계가 정착되지 않은 단계에서는 조금 힘들게 느껴질 수 있어요. 혼자서 동생과 만남을 이어간다면 금방 지치게 되겠죠. 하지만 대표단이 있음으로써 그런 사례들을 서로 나누고, 형들끼리 일종의 경쟁심리도 생기고, 힘들어하는 형들에게는 조언과 주의를 시킬 수 있죠.

역할은 학교별로 다 비슷비슷한데, 육군사관학교 대표단은 다른 학교와는 조금 다른 특색이 있죠. 형들 중에는 멘토링을 하겠다고 했다가 마음이 게을러져서 잘 활동을 안 하는 친구들이 생기기도 해요. 서울대 의대나 경찰대에 비해서 육사에는 선후배 간의 위계질서가 확고하거든요. 그래서 대표단 쪽에서 그런 형들에게 활발한 활동을 권유하면 더 효과가 있는 것 같아요.

저 같은 경우에는 대표단 활동을 하면서 개인적으로 얻은 것도 많아요. 자기 계발의 기회가 될 수 있다고 해야 할까요? 예를 들어서, 각 학교 대표단끼리도 따로 만나니까 인적 네트워크가 넓어졌고, 그렇게 만난 사람들을 통해 얻는 지식이나 정보도 많았죠. 그리고 대표단을 꾸리다 보면 동생과 '형동생 만들기' 자체에 관심을 더 쏟고 경험을 쌓게 되니까, 멘토링 활동에 대한 중요성도 더 느끼게 되더라고요.

앞으로 동생과 만남에 계획이 있는지요?

계속 만나겠죠. 동생인데 계속 만나죠. 이제 동생이 성인이 돼요. 작년 같은 경우에는 동생이 고3이라고 한 번밖에 못 만났어요. 그래서 연말에 동생도 성인이고 저도 이제 임관했으니까 맥주 한잔같이 하려고 했거든요. 그런데 휴가가 잘려서 아쉽게 됐죠. (웃음) 연초에 다시 약속을 잡을 겁니다. 동생이랑 항상 약속했던 게 '우리 술 한잔하면서 어른다운 이야기를 해보자'였거든요. 곧 그날이 올 겁니다.

지금 동생과의 관계에 고민하는 형들에게 조언을 해주자면?

다시 한번 '관심'이라는 말을 쓰고 싶습니다. 동생이 따라주고 안 따라주고는 전부 먼저 자기 자신이 어느 정도의 관심을 주었는지를 생각해봐야 합니다. 누구나 바쁘고, 제한이 되고, 힘들고, 여건이 안돼요. 하지만 그 속에서도 한두 시간을 쪼개서 동생을 만나는 사람들이 있거든요. 결국, 그런 친구들이 좋은 관계를 만들어내고, 오래가는 관계를 만들어내요. 그리고 그런 친구들이 나중엔 사회생활도 잘하는 것 같아요. 동생한테 꾸준히 관심을 갖는 것, 이게 결국은 또 '형동생만들기'를 해서 얻는 성과나 보람, 추억으로 연결된다고 봐요.

그냥 같이 걷기만 할게

형 동현, 동생 민수(가명)

"누구세요?", "누구시냐고요?", "왜 전화하신 거냐고요?"

제가 처음 민수에게 들은 말입니다.

저의 멘티는 중학교 2학년 학생입니다. 저는 2년 넘게 멘토링 활동을 하고 있는데, 민수가 초등학교 6학년일 때 만나 중학교에 진학하고 난 후까지 만나고 있는 셈입니다. 저희의 첫인상은 서로 좋지 못했나 봅니다. 저는 조금 늦은 시간에 민수에게 문자, 카톡을 남기고 답을 받지 못하고 잠들었는데, 제가 멘토라는 점이나 저 자신을 먼저 밝히지 않아서인지 민수는 날카로운 말투로 답을 해왔습니다. 제가 한 첫 생각은 '쉽지 않겠구나….'였습니다. 멘토링 경험이 전무한 상태는 아니었지만, 대하기 가장 어렵다는 중학생과의 멘토링 활동을 위해 단단히 각오해야겠다는 생각을 했습니다.

그러나 이런 생각들은 점점 흐려졌던 것 같습니다. 계속된 연락과 특히 첫

※ 형들이 직접 솔직하게 풀어낸 동생과의 이야기입니다. 등장하는 이름은 모두 가명입니다.

만남을 통해서 서로를 알아가는 시간을 갖게 되었고, 저는 민수에게 여러 가지 저와 닮은 점이 있다는 것을 발견하였습니다.

저와 닮았다는 점은 공부를 열심히 하고 칭찬받기를 좋아한다는 것, 조숙해 보이기를 바라는 성향, 여가로 운동을 즐기는 것 등이 있었습니다. 그래서 더 많은 대화를 통해서 공감대를 형성할 수 있었고, 만날 때마다 즐거운 시간을 가졌습니다.

민수는 만날 때마다 항상 밥을 얻어먹고, 이곳저곳 함께 구경시켜줘서 고마웠는지 저에게 롤케이크를 선물해주기도 했고, 최근에는 자기가 사겠다며 선뜻 빙수를 대접해주기도 했었습니다. 받는 것에 감사할 줄 알고, 가진 것을 베풀 줄 아는 모습을 보면서 어린 나이임에도 제가 보고 배우는 점이 많은 것 같습니다.

작년에 '형동생만들기' 활동 중에서 학교의 상담 선생님들과 만나서 멘티들에 대한 이야기를 듣는 시간을 가졌었습니다. 이 활동은 서울대학생과 육군사관학교 생도들도 함께 참석하여 각자의 멘토링 활동 경험담을 나누는 시간이었습니다. 저는 이때, 민수 학교의 상담 선생님을 만나서 민수의 학교생활에 대해서도 듣게 되었습니다. 민수의 교우관계 등을 구체적으로 들을 수 있었고, 왜 선생님께서 멘토링 프로그램에 참여하기를 권했는지도 들을 수 있었습니다.

그러나 선생님께서는 저에게 문제를 발견하고 지적하거나 해결하려고 하지 말라고 말씀해주셨습니다. 선생님께서는 멘토의 역할에 대해서 그저 동네 형과 같은 존재가 되어주라고 말씀하셨습니다. 쉽게 말을 걸 수 있고, 내

말을 잘 들어주는 그런 형이 되어주라고 하십니다. 그런 형과의 교류를 통해서 유대감을 형성하고, 그 속에서 인간관계를 배워가며 서로 긍정적인 영향을 주는 활동을 하라고 말씀하셨습니다. 이때 이후로는 정말 멘토-멘티의 관계가 아닌, 말 그대로 윤희 형, 민수 동생으로 지낼 수 있도록 편한 사이가 되고자 노력했던 것 같습니다.

저는 봉사활동 신청서를 낼 때 멘티와의 상호작용을 통해서 멘티, 멘토 둘 다 긍징적인 영향을 받고 자극을 받으며 서로 성장하는 것이 진정한 멘토링 활동이라고 생각한다고 말한 적이 있습니다. 물론 맞는 말이고, 지금도 그렇게 느끼고 있습니다. 그러나 '형동생만들기'에서 이보다 더 중요한 것은 그저 친한 형이 되어주고, 아끼는 동생 삼아주는 것 정도면 충분하지 않을까 하는 생각이 듭니다. 지금 생각하면 멘토링은 그렇게 거창한 것이 아닌 것 같습니다. 민수와 저는 다음 만남 때에는 함께 야구를 보러 갈 겁니다. 그렇게 계속 만날 겁니다.

너라서 참 다행이야

언니 혜정, 동생 유림(가명)

항상 교내 동아리 활동으로 중·고등학생 멘토링에 관심을 가지고 참여해 왔지만, 그것은 주로 우리 학교에 오고 싶어 하는 학생들을 위한 학습 방면에 치중된 멘토링이었습니다. 그렇다 보니 멘토링 후에도 연락을 하는 학생들은 많았지만, 얼굴과 얼굴을 맞대는 것이 아니라 온라인상에서 교류하는 방식을 취하는 경우가 많았고, 대부분 일회성의 만남에 그쳤다는 점에서 항상 아쉬움을 느껴왔습니다.

그러던 중 2월, 우연히 교내 커뮤니티에 올라온 '형동생만들기'의 새로운 멘토를 모집하는 글을 보게 될 기회가 있었습니다. 작년에 했던 동기와 선후배들의 이야기를 듣고 나니, 새롭고 매력적인 경험으로 다가와 지원하게 되었습니다.

시간이 얼마 정도 흐른 후, 형동생 간의 첫 대면 워크숍이 있었습니다. 사실 워크숍이 있던 금요일 하루 동안 제 마음 상태는 설렘과 긴장 사이를 오갔습니다. 청소년기를 벗어난 지 꽤 지나서 만나볼 기회가 확실히 적었던 중학생들을 접하는 것에 설레고, 제 멘티가 된 친구는 어떤 친구일까 궁금한 마음이 들기도 했습니다.

혹여나 청소년들의 특별한 감성에 제가 공감하지 못하거나 그 친구들이 저에게 마음을 열지 않으면 어떡하나 걱정도 되었습니다. 또 '형동생만들기'에 참여할 때 보았던 모집 글의 내용과 작년에 참여했던 학생들의 말이 생각나면서, 방어적이고 적대적인 마음을 가지고 있거나 '멘토'라는 이름을 지니고 다가오는 대학생들을 멀게만 생각하고 별로 좋아하지 않는 등, 친해지기 어려운 친구들도 다소 있을 수 있다는 생각도 들어 염려가 앞섰습니다.

그런 설렘 반, 긴장 반의 마음으로 처음 만나게 되었던 제 멘티를 비롯한 동생들은 그런 걱정을 비웃기라도 하듯, 소위 '요즘 학생들'과는 달리, 자기 나이에 맞게 순수하고 소녀다운 모습을 한 친구였고, 한 시간 전의 어려운 마음과는 달리, 저는 어느새 열 살 가까이 차이가 나는 친구들과 급속도로 친해지고 떠들 수 있었습니다.

요즘 인기 있는 연예인들의 이름도 잘 모르는 저와 달리 제 멘티는 여러 남자 연예인들에 한창 빠져있는 열성적인 여중생이었습니다. 또 다소 경직된 학교 특성상 '합쇼'체가 기본이었던 저와 달리 제 동생은 귀엽게 반말도 섞어 쓰는 자유분방한 나이였습니다.

이와 같이 다른 점도 있었지만, 제 동생에게서 한 가지 저의 중학생 시절과 비슷했던 점을 찾을 수 있었습니다. 바로 자기가 무엇을 좋아하는지 잘 모르고, 이를 위한 제도적인 도움이 거의 없이 그저 성적 위주의 공부만을 강조하는 한국 교육 구조에 답답함을 느끼고 있었다는 것이었습니다. 그래서 그 순간 중·고등학교 시절을 그저 '공부 잘하는 학생'으로 흘려보내 후회가 많았던 저와는 달리, 제 멘티는 자신이 하고 싶은 일, 좋아하는 것, 그리고 이를 위해 해야 하는 것들을 찾을 수 있도록 도와주고 싶다는 생각이 들었습니다.

아쉬움을 뒤로하고 헤어진 후에, '형'을 대상으로 한 멘토가 지녀야 할 자세 교육 등을 거치고, 동생과 두 번의 엇갈림 끝에 처음 만났습니다. 먼저 만날 약속을 잡으면서도, 그리고 만나서 얘기하면서도 가장 크게 느껴졌던 것이 요즘은 사교육 경쟁이 더 과열되어서 방향도 모른 채 일주일의 대부분을 학원에서 공부하는 학생들이 참 많다는 것이었습니다.

또 다소 소심한 성격 때문에 사실 만나기 직전만 해도 함께 이야기할 거리가 없을 것 같아 걱정이 많이 됐습니다. 그래도 제가 용기를 내서 제 이야기를 조금씩 하면서 시작하니, 동생도 자기 이야기를 해주었습니다. 제가 열심히 들어주고 공감만 해주어도, 더 많은 이야기를 해주었습니다. 잘 들어주고 공감해주기의 효과가 정말 크다는 것을 느꼈습니다.

동생도 저처럼 만나기 전에는 어색할까 봐 걱정이 됐는데, 만나서는 서로 할 말이 많아서 좋았다는 얘기를 하고, 이제는 언제 또 만나느냐고 동생이 먼저 물어봐 주어서 고맙고 보람 깊었습니다. 특히, 아직 장래에 대해서 깊은 생각을 하지 않는 듯했던 동생이 유럽, 그중에서도 프랑스에 대한 강한 호기심을 보이기에, "그러면 나중에 프랑스에서 공부하거나 일할 기회가 너에게 주어질 수 있게 짬을 내서 프랑스어를 공부하는 건 어떠니?" 하고 제안을 했더니 눈을 빛내면서 흥미를 보여주었던 것이 기억에 남습니다. 앞으로도 서로에게 더 중요하고 도움이 되는, 친자매 같은 멘토와 멘티의 관계가 될 수 있었으면 좋겠습니다.

동영상을 보시려면 QR코드를 스캔해 주세요.

멘토링, 그 나눔의 가치
형동생만들기

에필로그

동생이 다시 형이 될 때까지

서로에 대한 의심, 불신, 오해를 딛고 신뢰, 배려, 공감을 통해 이뤄진 형과 동생의 인연은 앞으로도 끈끈히 유지될 것이다. 아무도 못 믿겠다는 삐죽대는 말들이 나오는 생존 경쟁의 사회에서, '형동생만들기'는 형과 동생에게 믿을 수 있는 한 명의 가족을 선물했다.

방황하던 동생은 처음으로 닮고 싶은 사람이 생겼고, 가보고 싶은 미래가 생겼다. 의욕이 넘쳤지만 서툴렀던 형은 이제 다른 사람 처지에서 생각하는 방법, 공감하는 방법, 그리고 사랑을 주는 것의 행복을 알게 됐다.

'형동생만들기'는 여전히 한국에서는 낯선 개념의 멘토링이다. '형동생만들기'가 대상으로 하는 동생들이 공부를 잘하거나 모범적인 학생들이 아니었다는 점에서 '저렇게 놀아만 준다고 뭐가 바뀌나?', '어차피 재네들은 안 돼.' 같은 편견과 의심의 눈초리가 아직도 남아있다.

그러나 지난 6년간의 활동은 문화 활동을 기반으로 한 인연 맺기가 위기 청소년들을 성공적으로 끌어올려 줄 수 있음을 보여주었다. 학습과 진로진학에 집중된 지금의 멘토링 지형에서는 독특한 위치를 잡는 데 성공했다. 활동에 참여하는 동생들의 만족도는 말할 나위 없다. 동생들의 밝게 변화하는 모습, 자신을 긍정적으로 바라보고 자존감을 회복하는 모습은 '형동생만들기'가 위기 청소년들을 위한 하나의 지지체계로 자리 잡을 수 있다는 희망과 확신을 갖게 해준다.

'형동생만들기'는 이제 7년 차에 접어든다. 첫해에 인연을 시작한 형 동생이라면 동생이 성인이 되었을 것이다. '형동생만들기'는 형과 동생의 인연이 더 넓어지고 깊어지기를 바란다. 성인이 된 동생이 '형동생만들기'에 관심을 가지고 지원하고, 그 덕에 새로운 형과 동생이 만들어지는 독자적인 생태계가 만들어져야 한다.

인연은 누군가 만들고 싶은 방향으로 혹은 '바람직하다고 여겨지는 것'으로 조각되는 것이 아니다. '형동생만들기'는 오로지 형과 동생 둘 사이의 비밀스러운 이야기이며 100쌍의 형제가 100개의 이야기를 만들어가는 장이다.

이를 위해 협회나 학교에서도 최대한 간섭을 피하려고 노력한다. 모든 부분을 형과 동생의 자율적인 영역으로 남기는 것이다. 궁극적으로는 금전적인 부분에서도 후원금을 제외하고는 독립을 꾀하려고 한다. 금전적인 종속을 피하고 싶기 때문이다.

물론 아직 갈 길이 멀다. 1세대 형들도 이제야 사회에서 자리를 잡기 시작했고, 아직 형이 된 동생들도 없다. '형동생만들기'는 이제 시작이다. 형이 동생을 만나고, 다시 그 동생이 형이 되는 선순환의 고리를 만들기 위해 형과 동생은 최선을 다할 것이다. 오늘도 형과 동생은 서로를 만나러 간다. 이제는 떼려야 떼어 놓을 수 없는 소중한 가족이 되었으니까.

형동생만들기 사례집

기획책임	김복녀 사)문화예술교육협회 대표, 서울청년예술사협동조합 운영위원장
기획·구성·편집	물리학과 고창현, 양재우 이광표/서양사학과 김남균
인터뷰협조	문석진(2013 대표, 서울지방경찰청 지능범죄수사대) 박상연(2016 대표, 수도기계화보병사단 기갑수색대대 중위) 송화영(보평중학교 교사) 이봉주(서울대학교 사회복지학과 교수) 이현지(2016 대표, 서울대 의과대학 본과 3학년) 임유신(육군사관학교 심리경영학과 중령) 조혜정(홍익심리상담연구소 심리상담사)

활동 사례 글.「형동생만들기 에세이 1, 2, 3」활용, '형동생만들기' 연구보고서 발췌

형동생만들기와 함께 걷는 고마운 분들

형 언니 2012~2017 대표단

국립경찰대학교	문석균(서울 광진경찰서 수사과)
	문석진(서울지방경찰청 지능범죄수사대)
	이진희(서울 노원경찰서 수사과)
	이동철(광주 지방경찰청 기동8중대)
	임지원(경찰대학 교무과)
	최성욱(4학년), 박시온(4학년) 대표 외 192명
육군사관학교	송형석(광주 보병학교 교육지원대대 중위)
	박상연(수도기계화보병사단 기갑수색대대 중위)
	오자훈(포천 8162부대 중위)
	안유현(4학년) 대표 외 351명
서울대 의과대학	배성윤(의과대학 본과 4학년)
	이현지(서울대 의과대학 본과 3학년)
	하주민(서울대 의과대학 본과 2학년)
	이호현(서울대 의과대학 본과 1학년) 대표 외 48명
서울대 법대	문선경

그리고 2018년 대표단

국립경찰대학교	차성우, 김영준
육군사관학교	권도혁, 서호범
서울대 의과대학	유병민

사)문화예술교육협회

이사장 허찬영 현)분당서울대병원 성형외과과장 교수

명예회장 황인철,

대표 김복녀

이사 김병훈, 서재돈, 방은영, 김성연, 김남조, 이유정, 김동규

운영자문후원위원

구민정, 김정연, 김존, 라태성, 박동빈, 박석준, 방혜숙, 송화영, 신보경, 신현주, 양지훈, 이병일, 이봉주, 임영호, 임유신, 정혜영, 조혜정, 차성수, 최영란, 한광섭

기획협조

민헌기(딜로이트 컨설팅), 최혁준(서울대학교 전기정보공학부 박사과정)

사진

심주호, 고창현

형동생만들기 소개

사단법인 문화예술교육협회(클레이)는 2012년 '가족을 만들어주자'라는 슬로건을 가지고 차별화된 멘토링 공익사업인 '형동생만들기'를 시작하게 되었습니다.

'형동생만들기'는 청소년 발달에 가장 큰 영향을 미치는 것이 가족관계, 특히 자라는 아이들이 '보고 자랄' 대상의 부재라고 보고 청소년들에게 긍정적인 롤모델을 제시해 자존감을 되찾게 해주는 데 의의를 두고 있습니다. 대부분 멘토링 프로그램에서의 멘토는 후원자 또는 선생님의 역할로서 멘티와의 수직적인 제공 관계가 일반적입니다. 하지만 형동생만들기는 멘토, 멘티의 이름이 아닌 형, 동생의 이름으로 수평적 나눔을 통해 공감대를 형성해 나가며 지속성에 주안점을 둔 활동입니다. 따라서 본 협회는 형, 동생의 주체적인 활동과 장기간 지속적인 관계 형성을 위해 문화예술 기반으로 하여 프로그램을 제공함은 물론 클레이의 사람들과 지역사회와 부모, 교사 등으로 구성된 파트너가 도움을 주고 있습니다.

어떤 형들인지?

검증되어 있는 형·언니들이 참여할 수 있도록 섭외를 하고 있습니다. 형·언니가 되고자 할 때 철저한 사전 인터뷰와 교육을 이수해야 합니다.

어떤 동생들인지?

학교 및 지역사회로부터 추천받은 아동 청소년(특히, 사회적 배려 대상 및 학교 부적응, 왕따, 위기 청소년 등)

결연은 어떻게?

아동·청소년들을 지역, 성격, 취미 모든 것을 고려해서 형·언니와 결연하여 동생이 원하면 사회인으로 성장할 때까지 활동을 할 수 있도록 돕습니다.

BBBS(Big Brothers Big Sisters) 한국지부

2015년 BBBSI로부터 한국만의 차별화된 멘토링 활동을 인정받아 한국지부 설립

형동생만들기 참여하기

형·언니	국립경찰대학, 육군사관학교, 서울대학교 의과대, 로스쿨 등 사회적 책임 있는 형·언니
동생	초등학교 5학년~고등학교 1학년 누구나
모집 기간	매년 3월~4월
활동 기간	동생이 사회인으로 성장할 때까지 지속 활동
활동 형태	1대1 결연 문화 활동

[후원 안내]

형동생만들기의 지속성을 위해 후원프로그램을 진행하고 있습니다.

■ 후원자가 되시면

후원금은 연말 정산 시 소득공제 혜택을 받을 수 있습니다.

형동생만들기의 활동 소식을 소식지를 통해 보내드리고 사례 나눔에 초대받을 수 있습니다.

■ 후원금 사용

동행후원 형동생만들기의 사업 진행비와 식사 및 문화활동비를 지원합니다.

■ 후원하는 방법

· 정기후원 및 일시후원

하나 190-910015-12204 / 우리 1005-801-251615

예금주: 사단법인 문화예술교육협회

· 해피빈 콩으로 형동생만들기와 함께해보세요~

네이버 가입 → 해피빈 → 문화예술교육협회 검색 → 모금함 기부하기 →

정기 기부 or 보유금액 기부하기

·**기업후원**

- 임직원 결연: 기업임직원과 형동생팀의 후원자 결연을 통해 형을 도울 수 있도록 합니다.

- 기업문화공연 기획: 재능기부를 하고 있는 예술전문가들과 함께 기업 맞춤형으로 문화공연을 기획제작대행을 하고 있습니다. 행사의 이윤은 형동생만들기에 전액 사용되고 있습니다.

기부금 영수증 발급 우편으로 발송하오니 이메일로 정보를 보내 주세요.
개인(기부자명, 주소, 주민번호), 법인(사업자등록번호, 회사명)

후원 및 문의 02-540-5650
홈페이지 www.clay.or.kr

사단법인 문화예술교육협회 소개

(CLAY-Creative Learning Art for Youth)

비영리민간단체법인(2007.8.~, 문화부) 사회적기업(2009.12.~, 노동부)

클레이의 가치

사)문화예술교육협회의 이니셜 클레이(CLAY)의 본질처럼, 사람은 무엇이든 창조해낼 수 있으며, 사람이 창조한 예술은 사람을 유익하게 만들 수 있도록 하는데 가치를 두고 있습니다.

클레이의 약속

몸이라는 매개로 생각을 깨우는 교육
예술을 통한 창의적 인성 활동과 스스로의 가치, 스스로 존중교육
종교, 인종, 정치에서 차별받지 않고 배움에서 차별 없는 보편적 교육

주요 사업

[해피뮤지컬스쿨] 2007년부터 다양한 어려움이 노출되어 있는 청소년들에게 뮤지컬 전문교육을 받을 수 있도록 국내에선 처음으로 뮤지컬배우와 제작진이 함께 재능 나눔으로 시작한 프로그램이다.

[형동생만들기] 청소년 발달에 가장 큰 영향을 미치는 것이 가족관계, 특히 자라는 아이들이 보고 자랄 대상의 부재라고 보고 '가족을 만들어 주자'라는 슬로건으로 사회적 책임 있는 대학생(경찰대 육군사관학교, 서울대 의대 등)이 참여하는 지속적이고 차별화된 멘토링 프로그램이다.

[북뮤지컬] 쉽고 재미있게 교실에서 교과연계로 뮤지컬만들기는 뮤지컬의 창의적 제작기법을 활용해 쉽고 재미있게 공교육 교육과정에서 활용될 수 있는 북(Book)뮤지컬 모듈을 만들었다. 북뮤지컬 모듈은 수업혁신에 필요한 도구로 교사직무연수를 통해 교사들이 활용할 수 있도록 돕고 있으며 교과연계, 자유학기제(학년제), 창의체험활동, 사회적 경제 연계한 진로체험 등에 사용되고 있다.

[꿈수다] 청소년들이 주도적으로 진로를 탐색하고 관심 분야의 멘토를 섭외하여 교실에서 또래 친구들과 진로 멘토링을 받는 청소년에 의한 청소년을 위한 프로그램이다.

[교육예술사] MSL(Musical School Arts Education Master License)과정으로 학교예술교육전문가로 활동 30시간, 60시간, 120시간 교육과정이 있다. (대상, 예술인, 현직교사)

이외에도 클레이는 지역사회와 전문예술인들과 함께 청년예술인들이 지역 기반으로 창작예술활동과 학교 교육을 할 수 있도록 청년예술사를 발굴 육성과 기업 사회공헌프로그램과 문화예술 분야 연구사업을 시행하고 있다.